白浜　冬子
Tuyuko Shirahama

東江はるる
Haruru Agarie
夏凪 渚
Nagisa Natsunagi

夢見ていた普通の高校生活

シエスタ
Siesta

夏凪渚はまだ、女子高生でいたい。1

探偵はもう、死んでいる。Ordinary Case

月見秋水
原作・監修：二語十

MF文庫J

口絵・本文イラスト●はねこと

プロローグ

心臓の音が聞こえる。

朝目覚めて、ベッドの上で胸元に手を置く。
手のひらに何度も、何度も。同じリズムで刻まれていく命の鼓動が伝わる。
病弱だったこの身体《からだ》に生の息吹を与えてくれた、とても大切で、愛《いと》しいもの。

ああ、そうか。

生きている。

あたしは、今日も生きているのだ。

身体を起こして、それから大きく深呼吸をする。
吸って、吐いて。ベッドから立ち上がって、姿見の前まで歩いていく。
一歩、二歩、三歩。

辿《たど》り着いたその先には、頭からつま先まで、あたしの全てが映っていて。
それは誰がどう見ても『普通』の女の子で、とても可愛《かわい》い。可愛すぎるくらい。

幼い頃から、ずっと望んでいたもの。なりたかったもの。それが何かと聞かれたら、あたしは世界中のどんな女の子よりも先に、答えることが出来ると思う。

あたしは、普通の女子高生になりたかった。

友達と通学路で偶然会って、そのまま他愛《たあい》ないお喋《しやべ》りしながら登校する朝を。
ランニングシューズを履いて、校庭を駆け回って、汗でぐしょぐしょになる昼を。
お揃《そろ》いの制服を着たみんなで、タピオカを片手に写真を撮って、はしゃぐ夕方を。
片思いのクラスの男子と通話しながら、そのまま寝落ちしてしまう夜を。

そんな瞬間の積み重ねを——、きっと誰よりも望んでいた。
この『命』は、女子高生になることを願っていたから。

顔を洗って、朝ごはんを食べて、ほんの少しだけお化粧をして。

大好きな制服に腕を通し、お気に入りの赤いリボンで髪を結えば……。

よし、今日も完璧！

あたしは今、世界一可愛い女子高生だ！

スクールバッグを持って、学校指定のローファーを履き、家を出る前にもう一度だけ、心臓に手を置いて呟《つぶや》く。


「今日もあたしを生かしてくれて、ありがとう」


玄関のドアを開けると、今日も海のように綺麗《きれい》な青が、空いっぱいに広がっている。

その中で眩《まぶ》しく笑う太陽を見て、今日が素敵な一日になるような気がした。

あたしの名前は、渚《なぎさ》。

夏凪《なつなぎ》渚。

きっとまだ何者にもなれていない、ただの女子高生だ。

第一話　幸せの黄色いパンツ

「おはよう、渚《なぎさ》！　今日の下着の色、教えてもらってもいい？」

「地獄か」

五月、穏やかな気温の朝。

通学路であたしに声をかけ、そのまま背後から抱き着いてきただけでは飽き足らず、とてもシンプルなセクハラをかましてきた女。

名前は、白浜冬子《しらはまふゆこ》。あたしのクラスメイトなのだけど、それはどうでもいい。

「せっかくあたしが、『今日が素敵な一日になるような気がした』なんて感じで、すごくいい気分で家を出たのに、たった数分でそれをブチ壊していくの、やめてくれない？」

「渚、そんな主人公気取りのモノローグを呟《つぶや》きながら、登校しているの？　こわっ」

「それは別にいいでしょ！　こんなに天気の良い朝なのに、セクハラを決められたあたしの気持ち、すごくブルーなんですけど！」

「そうだね。空は青いし、雲は白い。ちなみに渚の下着の色は？」

「し……って、流れるようにセクハラの続きをするなぁ！」

冬子は怒ったあたしから、わざとらしく距離を取って笑う。

ちなみにこんな最低の挨拶をかましてくる冬子だけど、見た目だけはすごくいい。

背は高くて、中性的で綺麗《きれい》な顔。声も少し低めで運動神経もいいし、全部が反則すぎる。

「あはは。何度も僕からセクハラを受けているのに、その度に照れてくれる君が大好きだよ、渚」

しかもボクっ娘《こ》とか、設定盛りすぎでしょ。あとその顔でさらっと好きとか言うな。急に好きなんて言われると脳がバグって本気になったらどうするつもりだ。

「まあ、今日の渚の下着の色は予想がつくよ。家に侵入した時に所有している下着の枚数と、好みの色の傾向は把握したからね」

「急にヤンデレ属性を追加しないでくれる？　ていうか、う、嘘《うそ》よね？」

「ふふっ。僕が渚に嘘を吐《つ》いたこと、あるかい？」

「せめて今だけは優しい嘘を吐いて欲しかった！　怖すぎて泣きそう……」

「渚を泣かせる奴《やつ》は僕が許さないよ。たとえどんな目に遭っても、僕が君を守る」

「ありがとう。じゃあ今すぐ警察行ってくれる？」

あたしがそう言うと、冬子は何故《なぜ》か真顔になって首を横に振る。

「け、警察はちょっとトラウマがあってね。それだけは遠慮したい」

「やっぱりあたしが知らないだけで、前科持ちなの？」

「やっぱり？　あれ？　渚の僕に対する信頼、もしかして皆無だったりする？」

「その通りだけど？　朝から抱き着いてきて下着の色聞いてくる人間の、どこに信頼を置けっていうのよ。それに」

「おはー。今日も朝からアガってるねぇ、ナギ！　フユ！」

冬子《ふゆこ》に説教をかましてやろうとしたら、信号を渡った先でド派手な金髪ギャルに声をかけられた。あたしたちと同じ制服（露出はすごいけど）に身を包むその女子は——。

「おはよう、はるる。あんたは今日も元気そうね」

「もちろん！　ウチ、今朝も駅前でタピオカを一杯キメてきたし！」

東江《あがりえ》はるる。朝イチでタピオカを買いに行くギャルで、あたしと冬子の友達だ。

今のあたしは、この二人とばかり高校生活を過ごしている。

朝の登校もそうだし、お昼は食堂や中庭で一緒に食べている。放課後は時々遊びに行くし、うん……すごく大切な、友達だ。

念願叶《かな》って女子高生になったものの、病弱なあたしは殆《ほとん》ど学校に通えなかった。

出席が出来ない分、特別待遇を受けてレポートを提出し、テストを受けることで単位を得て、進級自体は無事に出来たけど。

少しずつ高校に通えるようになったのは、半年前……高校二年の秋くらいから。

まだまだ休みがちな、ちょっと浮いていたあたしに声をかけてくれて、色々あった末に仲良しになったのが、冬子とはるるだ。

「ていうか、朝からわざわざタピオカって……身体《からだ》に悪くない？」

「そんなことないよー？　朝にタピオカを飲むと手の震えと動悸《どうき》が治まって、漠然とした不安感も取り除けるし。彼ピも出来るし、スマホゲーのガチャで最高レアも出る」

「あたし、友達に朝からヤバめなセールストークを聞かされている？」

「あと、胸も大きくなった。これはガチの話」

「……後でこっそり、お店教えて？」

なるほど。一時期、全ての女子高生がタピオカを片手に装備していた理由が分かった。

「そもそも、タピオカミルクティーっておいしいの？」

「えぇー？　ナギ、飲んだことないの？」

恥ずかしながら入院生活が長かったせいで、あたしは流行にすごく疎い。

冬子とはるるがたまに話題に出すから存在自体は知っているけど、まだ未体験だ。

「う、うん。どんな味の飲み物なのか、実は知らないの……は、恥ずかしいよね」

「そっかぁー！　知らないままでいいよ！　そういえばさぁ！　ウチの猫がさぁ！」

「なんでよ!?　突き放さないで教えてよ！　秒で話題変えないでよ！　放課後とかに買いに行く流れだったじゃん、これ！」

叫ぶあたしを見て、二人は本当に楽しそうに笑うけど……。

うぅ……あたし、何でイジられキャラになっちゃったかなあ。本当はグループの中心で華やかな感じで、周りの子たちを動かすような高校生活を妄想していたのに。

でも、すごく楽しい。

あたしが夢見ていた高校生活は、頭の中に描いたものより何十倍もキラキラしていて。

毎日を輝かせてくれる二人には、心から感謝しているし、大好きだ。

でも。

その中で、ただ一つだけ。この『胸』に残っている想《おも》いがあって——。

「あああー！　わ、忘れてたぁ！」

急に叫んだはるるのせいで、あたしの思考は中断される。

「ど、どうしたの？　はるる？」

「昨日の数学の授業で出た、ダウンロードコンテンツやってくるの忘れたぁ！」

「あたしの友達、宿題のことを楽しそうな表現にすり替えて現実逃避してる……」

「ち、ちなみに二人はやってきた？」

「愚問だね。僕は宵越しの問題は解かない主義なのさ」

「すごいなあ、フユは。毎回赤点なのにバカみたいな台詞《せりふ》で誤魔化《ごまか》すの、マジで憧れる。

で、でもナギはやってきたよね？」

「それはもちろんだけど。あたしは真面目《まじめ》に学校生活を過ごしているからね」

「ねえねえ。ウチら、友達だよね？　これからもずっと仲良しだよね？」

「頼みごとをする女子がそう言うと、もう殆《ほとん》ど脅迫だって自覚ある？」

断ったら最後。「渚《なぎさ》は冷たい」とグループの女子に告げ口をされ、孤立するやつ。少女漫画だったらここからイジメが発展するパターンもある。

「お願い、お願い！　一生のおねがぁい！　この前みたいに全裸で靴舐《な》めるから！」

「通学路のど真ん中で、あたしを同級生に全裸で靴舐めさせる変態女子に仕立ててあげないでくれる⁉　あたしの青春を終わらせる気か！」

「違うよ、はるる。渚は靴を舐めさせるより、一生懸命にベロベロ舐めたい派だよ」

「あたしが知らないだけで、これ最先端のイジメでしょ」

この胸に抱いている想いを解決するのは……まだ、いいかな。

大切な友達と笑い合う時間だって、あたしがずっと願っていたものだから。

そんな可愛《かわい》い友達のために、一肌脱いであげるとしますか。

「はるる。宿題を見せてあげてもいいけど、今日は登校したらすぐに保健室行かないといけないから。その後でもいい？」

「マ⁉　ありがとう、ナギ！　でも何で保健室？　頭悪いの？」

「シンプルな悪口！　具合悪いの？って、言おうとしたのは伝わるけど！」

「そうだよ、はるる。渚が悪いのは頭じゃなくて口だよ」

「それは否定しないけど、そうさせているのはあんたたちだからね？　保健室に行く用事は、いつもの問診だってば」

そう言うと、あたしの横を歩く冬子《ふゆこ》が「ああ」と納得したように頷《うなず》く。

「渚《なぎさ》が復学する前に、手術で移植した心臓に問題が無いか確認する、っていうやつ？」

「そう。でも、あれからずっと、怖いくらい体調はいいけどね。だけど何かあったら学校側も困るから、お互い事務的な作業みたいな感じ」

あたしに普通の女子高生としての時間をくれている、この心臓。

奇跡的に適合するドナーが見つかって、手術も全く問題なく終えて。

たくさんの幸運と善意が、あたしを生かしてくれた。

今まであまり恵まれた人生じゃなかったけど、この心臓と巡り合えたことは、一番の幸せだと思う。

「じゃあ、ウチらも一緒に行っていい？」

「え？　いいけど、別に面白くないよ？　問診もすぐ終わるし」

「いいの。ウチら三人、友達だし！　それにフユと二人は気まずいし、困る」

「まさかこのグループって、あたしがいないと崩壊するの……？」

ちなみに、はるるに気まずいと言われた冬子は泣きそうな顔で「たはは……」と力なく笑っている。やめて！　あたしたち全員仲良しだから！　本当だからぁ！

「もぉー、冗談だよ、フユ。だからそういう顔見せないで？　ゾクゾクしちゃうから。昨日あれだけウチに泣かされたのに、まだ物足りないの？」

「ご、ごめんなさい……僕が悪かったなら謝るから、顔はぶたないでほしい……」

「ごめん。急にあたしの知らない、歪《ゆが》んだ愛憎関係を披露しないでほしい」

ついでに言うと、あたしの中で冬子が責められるのは解釈違いだから。

ギャルなのにそういう知識に疎いはるるを、冬子がイタズラして責める。つまり無知シチュ的なやりとりが最高に似合う二人なのであって——。

「フユぅ……またナギが黙り込んでいやらしい表情浮かべちゃっているよぉ」

「よし、一刻も早く保健室に連れて行こう。頭を診てもらわないと」


あたしが色々と考え込んでいると、気付けば保健室の前まで来ていた。

何を妄想していたか忘れたけど、『王子様キャラは万能』という、よく分からない結論だけが頭に残っていた。何これ？

「あら、今日はお友達と一緒ですね。夏凪《なつなぎ》さん」

保健室に入ると、部屋の奥で丸椅子に座っている女性が声をかけてくる。

明るいシックなシャツに、ミディ丈のスカートという大人っぽいコーディネートの上に、養護教諭らしく白衣を羽織っているのは、空木暦《うつぎこよみ》。

お嬢様のような言葉遣いが少しだけ胡散臭《うさんくさ》いけど、基本的には生徒に優しい人で、あたしの体調をいつも気にかけてくれている。

あたしたちとは仲が良く、親しみを込めて名前で呼んだりしている。

「おはようございます、暦《こよみ》先生」

「はい。おはようございます、夏凪《なつなぎ》さん。それに、東江《あがりえ》さんも」

「えへへー！　おはよう、ココヨちゃん！　今日も大人の女性って感じで、推せるね！」

「うふふ、嬉《うれ》しいですわ。それじゃあ夏凪さん、問診をしましょうか？」

「暦先生？　すごく自然に僕だけを無視するの、やめてくれます？　暦先生？」

必死に声をかける冬子《ふゆこ》に、暦先生はわざとらしく微笑《ほほえ》み返す。

やっぱり王子様キャラは万能だ。イジられている時ですら、光るものがある。

「最近、体調の変化などはありますか？　疲れやすいとか、運動しているわけでもないのに、胸が苦しくなって、ドキドキする瞬間があるとか」

「大丈夫です。最近はむしろ、調子がいいくらいで」

「ふむふむ。例えば気になる男子と会話をしても、ドキドキしないですか？」

「ドキドキってそういう意味ですか!?」

「高校三年生ですから、そういう経験が少しくらいないと不健全ですわよ。好きな男子と二人きりで遊ぶ妄想とか……少しはしないですか？」

「そ、それは……特定の男子はないですけど、あたし好みの男の子に声をかけられて、ホイホイついていって粗末に扱われる妄想とかは、時々？」

「はい。お薬出しておきますわね。主に頭の」

「ナギは引くくらいドMだからなぁー。ウチには分からん」

「でも時々、めちゃくちゃ僕を虐《いじ》めてくるところもあって、そこが最高だよね」

「ま、まさか全員に呆《あき》れられた!? ちょっとだけ赤裸々に日常の妄想を口に出しただけなのにぃ！」

辱めを受けつつも問診は進んでいく。

朝からすごく疲れた……でも、これで終わりよね。

「そういえば、そろそろ学校献血の季節ですわね。夏凪さんは心臓移植の経験があるから難しいでしょうが、白浜《しらはま》さんと東江さん。あなたたちは参加されますか？」

学校献血とは文字通り、学校で行う献血のことだ。

この時期になると健康診断に伴い、希望制で行われるけど……入学時に在学中に一度は献血するようにとしつこく言われるので、殆《ほとん》どの生徒は一年生のうちに済ませている。

「あー、ウチはそれ無理。ナギと似たような感じで、輸血受けたことあるからダメとか言われちゃった。人助け、したかったのになぁ」

はるるは残念そうに肩を落とす。確か、仲良くなってしばらく経《た》った頃に聞いたことがある話だ。

「小さい頃に交通事故に遭って、大怪我《おおけが》したのよね」

「うん。両親は亡くなっちゃったけど、ずっと昔のことだし、それでもウチは生きているし、大丈夫！　おかげでこんな健全なボディになったし！」

暗い話の後で、大きな胸を持ち上げてアピールされると感情がバグるからやめて？　でも、辛《つら》い昔話を悲しいままで終えない。それが東江《あがりえ》はるるの美点だ。

「そうだったのですね……知らなかったですわ」

「そんな顔しなくていいってー！　コヨちゃんはまだ赴任してきて数ヶ月でしょ？　ウチとか他の生徒の色んな事情を知らなくても普通だしさ」

暦《こよみ》先生は他の教員と違い、春ではなく年明けに赴任してきた。

前任の養護教諭が急に音信不通になり、その穴埋めとして採用された……だったかな。

「せめて保健室の常連である、あなたたち三人のことくらいは知らないといけませんわ。あ！　でしたら、白浜《しらはま》さんは献血に参加出来るのではなくて？」

「僕もダメですよ、先生。可愛《かわい》い女の子におねだりされたら考えます」

「とか言ってぇ、注射の針が怖いだけですからね、フユは。お子様でしょー？」

「なぁ!?　は、はるる！　それは内緒だって言っただろう！」

友達に弱点を暴露され、動揺する冬子《ふゆこ》はちょっと可愛かった。

あたしは幼い頃、点滴や採血で針をブスブス刺されたから、ぶっちゃけ慣れている。好きではないけど。

「まあ、あくまで希望制ですものね。白浜さんのような理由で断る生徒も、少しは居るようですし。では、これで今日の問診は終わりです。夏凪《なつなぎ》さん、お疲れ様でした」

「はい、ありがとうございま……わ、あっ⁉」

あたしは立ち上がる際に、椅子の足に引っ掛かってしまった。

危うく転んで、保健室の床に激突しそうになるけど、何とか手をつくことが出来た。

「……危なかったぁ。保健室で、怪我するかと思った」

四《よ》つん這《ば》いの状態で一息ついてから立ち上がろうとすると、やけに視線を感じる。

主にお尻の方に。三人の熱い視線を。

「あらあら、意外と幼いですわね。夏凪さんのおパンツ」

「気の強い女子の下着が幼いのって、すごくいいよね。推せるし、押したい」

「ナギ！　ウチもそのパンツ、小学生くらいの時に穿《は》いていたよ！　ロリだった頃のウチとお揃《そろ》いだね！　えへへ」

三者三様、好き勝手な言葉を並べてくる。

見られた？　見られた。あたしの……下着！　パパパ、パンツを！

恐る恐るスカートに手を伸ばすと、捲《めく》れている。チラどころじゃない、モロだ。これ。

「わぁあああ！　さ、さ、最悪だ！　朝からラッキースケベイベントに巻き込まれて、女子三人に下着の品評をされた！　もう帰りたい！」

立ち上がってスカートを直すけど、もう遅い。今からこの場に居る全員の目を潰して、記憶が無くなるまで鈍器で叩《たた》き続けるしかない！

「そんなに照れなくてもいいじゃないか、渚《なぎさ》。それともお金で解決する？　いくら？」

「ナギはお金を払えば何をしてもいいタイプのJKだったよね」

「下着を見られた上に、友人二人が最低すぎるイメージを植え付けてくる!?」

ううっ……せっかく目覚めた時に気分が良かったから、わざわざ買ったばかりのものを下ろしたっていうのに。たった数時間で汚された気分。

「微笑《ほほえ》ましいやりとりですね。大人になると、見せる相手もいないのに高い下着を穿《は》くこともなくなるので、何だか羨ましいですわ。ふふっ……」

「裏側に切なさを貼り付けた笑みを浮かべないでください、先生」

「そういえば、夏凪《なつなぎ》さんのおかげで思い出したことがありまして。【幸せの黄色いパンツ】って、皆さんはご存知《ぞんじ》ですか？」

「ま、またパンツの話だぁ……」

あたしが本気で泣きそうになっていると、代わりに答えたのは冬子《ふゆこ》だった。

「最近、この学校で話題になっていますよね。事件というか」

「事件？」

つい、その言葉に反応してしまった。自分でも何故《なぜ》か分からないけど。

「うん。体育の授業や部活動を終えて更衣室に戻ると、ロッカーの扉に新品の黄色い下着が袋に入って貼られているという、不思議な出来事さ。ちなみに女子限定」

「何その深刻なヘンタイが関わっていそうな事件。聞いて損した」

「僕もそう思う。珍事件だよね。下着だけに」

弩《ど》級のセクハラをかましてくる冬子を無視して、暦《こよみ》先生に向き直る。

「それで？　その黄色いパンツが何ですか？」

「白浜《しらはま》さんの言うように、事件自体は深刻なものではないのです。黄色いパンツを貰《もら》った女子は幸せになるとか、女子生徒の間で囁《ささや》かれていますし」

「せめてハンカチでしょ。下着を配る意味、ある？」

「ですが教員としては看過出来ないのですよ。更衣室に不法侵入しているのもそうですし、仮に男子が黄色いパンツを配っていたら、一気に不穏な事件になりますからね」

「確かに……誰も不幸になっていないとはいえ、想像したら普通に不気味かも」

あたしたちの学校は、入学時に全生徒にロッカーの鍵を配付する。

財布とか携帯電話を盗まれたら困るし、女子しか入れない空間とはいえ、殆《ほとん》どの生徒がその鍵で施錠しているから、下着や貴重品が盗難される心配はないけど。

「とはいえ、学校としてはあまり大事にはしたくないのも事実。被害が無い以上は警察を呼ぶことも、全校集会を開くのも避けたいですから……そこで、ですわ」

あたしたち三人を見て、暦《こよみ》先生が言う。

「あなたたちに手伝いをお願いしたいのです。放課後、私の巡回業務を補佐してくれないでしょうか？」

つまりそれは、ボランティアということだろう。

だけど放課後を謳歌《おうか》したいあたしたち三人は、微妙な表情を浮かべるしかなかった。

「コヨちゃん、それだとウチらにメリット無くない？　犯人が捕まったら、内申点に色を付けてくれるとか、そういうのが無いとさぁ」

はるるの提案に、暦先生は「それはもちろん」と頷《うなず》いてから続ける。

「放課後に謎解きも楽しいものですよ？　私も高校生の頃、本好きの同級生と暗号遊びなどしていたものですわ。ミステリ小説に出てくる、《探偵》を気取っていたものです」

暦先生が、不意に漏らした一言に。

あたしの心は強く、惹《ひ》かれた。

事件のことじゃなくて、その言葉に。

探偵。まるであたしは、幼い頃からずっとその言葉に強い憧れを抱いていたみたいで。

生まれてから一度も、そんな空想をしたことはないはずなのに。

「ふふっ。一人だけ、とても興味深そうな顔をしていますわね？　夏凪《なつなぎ》さん」

「あ、いや！　そうじゃなくて……」

暦先生にまるで見透かされたかのような口ぶりで指摘されて、思わず否定してしまう。

「探偵で思い出したけど、ナギは最近人探しをしていなかったっけ？　色んなメディアで取り上げられている、匿名の男子。それこそ、名探偵とか持て囃《はや》されている子」

はるるの問いかけに、あたしは小さく首を横に振る。

「あれは別に、ちょっとした興味。本当に見つけようとは思っていないってば」

この街にはいくつもの『事件』に偶然居合わせ、それを解決する少年がいるのだとか。

小規模な事件から、難解な事件まで。全てを解決してしまう男の子。

「ちょっとした興味くらいだったら、簡単に忘れるものだよ。それに、渚《なぎさ》は手術後から奇妙な違和感があるって言っていたじゃないか」

「あら？　夏凪さん、どこか調子の悪いところがあるのなら言ってくださらないと」

冬子《ふゆこ》の言葉を養護教諭らしい解釈で受け取った暦先生に、あたしは慌てて否定する。

「そ、そうじゃなくて……本当に変な話なんです。例えば、今まではそんなに興味が無かったミステリ小説を読むようになったり、ニュースで事件が起きたら推理してみたり」

まるで、『謎』に恋焦がれる少女のような。

「もっと小さい頃は、気にも留めなかったことなのに。謎解きに関してだけ、時々自分が自分じゃないような感じになって」

「なるほど。臓器移植の後、嗜好《しこう》や性格が変わるという事例もあるそうですし。その影響もあるのかもしれないですね。でしたら！」

暦《こよみ》先生は小さく手を叩《たた》いて、思いつきを口にする。

「この【幸せの黄色いパンツ】事件を解決に導いてみてはいかがでしょう？　もしもその名探偵男子の噂《うわさ》が真実なら、彼と会えるかもしれないですよ？」

「えぇ？　……どうですかね？」

あたしは暦先生の言葉に、思わず首を傾《かし》げてしまうけど。

「多くの事件に偶然居合わせ、解決に導く。そんな不思議な男の子なら、この事件にも何らかの形で関わってくると思いませんか？」

「確かに、その可能性はある……かも？」

「あなたが探偵になれば、その機会はきっと巡ってくるはずです。そして、その胸に渦巻く『謎解き欲求』も満たされるに違いありません」

確かに、これは彼のことを見定めるチャンスだ。

頻繁に事件に巻き込まれる異常性や能力、推理力や洞察力が本物であれば――。

あたしが解いて欲しい、最大の《謎》。

この心臓の持ち主を見つけることに、協力してくれるかもしれない。

そう思って、気付いた時にはあたしの口は既に動いていた。

「分かりました、暦先生」

そう答えて、あたしは一つだけ条件を加える。

「探偵じゃなくて、《探偵代行》でいいなら、引き受けます」

それはあたしの中に潜む、もう一人の『誰か』がそう言わせたかのようだった。

言い終えて、自分でも驚いて口を押さえてしまったけど……ちょっと遅かったみたい。

「ふふふ、構いませんわ。ではお願いしますわね、《探偵代行》の夏凪《なつなぎ》さん。それに、その助手である白浜《しらはま》さんと東江《あがりえ》さんも。何かあれば、私も当然お手伝いしますので！」

結局、そんな感じで暦先生に押し切られてしまい、間もなく鳴った予鈴によって保健室から退室させられてしまった。

「渚《なぎさ》。やっぱり嫌なら僕が断ってこようか？」

考え込んでいるあたしに、冬子《ふゆこ》が心配そうな顔で尋ねる。

「あ、ううん。別に大丈夫。だけど……どうしてあたし、あんなことを言ったのかな、って。探偵っていう言葉を聞いた途端に、それはダメだって思って」

探偵がダメで、探偵代行ならいい。

ずっと昔、誰かにそんな台詞《せりふ》を口にしたかのような既視感。

友達がいなかったあたしに、それを言う機会があったとは思えないけど。

「やるよ。あたし、《探偵代行》をやってみたい。でも一人じゃ不安だから、冬子《ふゆこ》とはるるも……手伝って、くれる？」

「やれやれ。探偵になりたいなら、人の話はちゃんと聞こうよ。渚《なぎさ》」

「やれやれ。ナギは洞察力が足りないなあ」

せっかくあたしが遠慮がちに、しかも顔を赤らめながらお願いしたのに、二人はそんなことどうでもいいと言わんばかりに、小さく笑いを浮かべる。

「暦《こよみ》先生が言っていたじゃないか。『あなたたちに』ってね」

「そうそう。ウチらは最初からナギを支えるつもり、ＭＡＸだったからね！　女三人寄れば姦《かしま》しいって言うし！」

「それを言うなら三人寄れば悶々《もんもん》でエッチ、だよ。はるる。おバカさんだね」

「三人寄れば文殊の知恵、ね？　うーん、やっぱりあたし一人で調査した方が色々とスムーズに進みそうな気がしてきた……でも」

冬子とはるるの手をそれぞれ取って、強く握る。

あたしの小さな手じゃ包みきれない、二人の温かくて大きな手。

「ありがとう。二人が一緒なら、あたしは何だって出来る気がする」

それは少し、大袈裟《おおげさ》な言葉だったかもしれないけど。

「ああ！　僕だって、渚とはるるのためなら、何だって出来るさ！」

「うん！　ウチも、ナギとフユになら命預けられるよ！」

あたしの大切な友達は、その言葉を茶化《ちゃか》すことも、はぐらかすこともなく。

真正面から、同じ熱量で応えてくれるのだった。

ああ、もう。

あたし、本当にこの二人が大好きだ。

「せっかくだからチーム名でもつけようか。『渚の純情ガールズ』でいいかい？」

「いいわけないでしょ!?　何その昭和アイドルの名曲みたいなやつ！」

「ちなみにウチら、他の生徒から『サマーズ』って言われているけどね。夏凪《なつなぎ》、白浜《しらはま》、東江《あがりえ》っていう季節感たっぷりなイメージのせいで。ウケる」

「うわぁー！　そんなの、知りたくなかった！　そっちも響きが芸人っぽいし、何ならあたしが主体で二人をまとめているみたいで、もっと嫌だ！」

「あはは。そんなことないですよ、ボス。ウチらはいつだって対等です」

「対等な友達は友達のことをボスとか呼ばないし、敬語を使わない！」

保健室の前でそんなくだらないことを話していると。

「でしたら、『春夏冬』と書いて、『あきなし』はどうでしょう？　東江はるるさん、夏凪渚さん、白浜冬子さんときて、秋はいないですからね！　ふふふ」

「まさかの暦《こよみ》先生も参加してきた!?」

この最悪なチーム名決めは、ホームルーム開始を告げるチャイムが鳴ったことで、何とか有耶無耶《うやむや》に出来た。(でも、『春夏冬《あきなし》』はちょっと気に入った)

事件の解決は、その内容だけにあまり気乗りはしないけど。

探偵代行になったあたしは、どこか気分が高揚していて。

もしかしたら『彼』に会えるんじゃないかという期待が、その気持ちを更に高めてくれる。

ちなみに、はるるはあたしのノートを写すのをすっかり忘れていて、数学の授業で冬子《ふゆこ》と一緒に先生から強烈なお叱りを受けたのだった。

「で? 何で黄色いパンツ事件を調査するのに、駅前のショッピングモールに出かける必要があるわけ?」

放課後。あたしたちはモール内の、ファッションフロアに足を運んでいた。

ここに来ようと提案したのは、冬子だ。

「実は僕の友達に、黄色いパンツを入手した子が居てね。ちょっと……壁の近くで僕の胸から下を隠すように立ってくれる?」

言われるがまま、あたしとはるるは冬子を壁際に追い詰めるような形をとる。

「ああ、いいね。美少女二人に壁ドンされているみたいで、すごく幸せだ！」

「あんたの幸せのためにこんなことさせているなら、このままカツアゲに移行するから」

「あはは。渚《なぎさ》、目が笑っていないよ。ただ欲望を満たすために、君たちに囲ってもらったわけじゃないよ。公共の場で見せるには、少し恥ずかしいからね」

そう言って冬子は、自分のスカートの中に下から両手を入れ——入れて!?

「あ、あんた何する気？　その仕草、完全に……ぱ、ぱ、ぱ」

「パンツを脱ぐ気満々だよねえ」

「はるるぅ！　あんたも乙女なら、その台詞《せりふ》を往来で口にすることを躊躇《ちゆうちよ》しなさい！」

「いや、渚も数分前に堂々とパンツ事件って言っていたけど？」

そ、そうだった。思春期の女子高生がパンツなんて口にすべきじゃなかったのに。

恥ずかしさで死にそうになっているあたしに、冬子は更に追撃を仕掛けてくる。

「言っただろう、渚。見せるには、少し恥ずかしいのさ。友達から借りた黄色いパンツ。パンツは穿《は》くもの。男子禁制のアイテム。つまりこうしないと、見せられないわけだ」

「ととと、トイレで下着を脱いでくればいいじゃん！」

「何も穿かない無防備な状態で、僕にトイレからここまで戻ってこい、って？　それはあまりにも酷《ひど》いよ。それとも……渚が逆の立場なら、そうしてくれるのかな？」

それって、つまり。

こんなに人が大勢、しかも同級生の男子たちも居るような、夕方前の空間で。

この頼りない薄い布一枚を、何が何でも捲《めく》れないように押さえながら。

所謂《いわゆる》ノー……未装着の状態で、人混みの中を歩いてこいなんて、そんなの。

「そ、そんなの、絶対にだめぇええ！」

思わず叫んでしまったあたしは、慌てて口を両手で押さえる。

「顔を真っ赤にして、息を荒らげて、本当に渚《なぎさ》は可愛《かわい》いなあ。でもパンツは脱がないよ。スカートの下に手を入れたのはおふざけだし、そもそも僕は脱ぐとは一言も……ぬぐぅ！」

やけに舌が回る悪友の脳天に、あたしの黄金の右手が振り下ろされた。

グーは可哀想《かわいそう》だったので、チョップだけど。冬子《ふゆこ》の頭を真っ二つにしない、ギリギリの力で、綺麗《きれい》な手刀。ギリギリ（全力じゃない）チョップ。

「ん、ぐぅ……は、はるる。僕の頭、ちゃんと大丈夫？」

「んー？　くっついてはいるけど、頭は別の意味で大丈夫じゃないかな！　円周率とか百桁くらいちゃんと言える？」

「僕はスパコンか何か？　余計に叩《たた》いちゃダメでしょ」

「機械は叩けば調子良くなることもあるからね！　それより、その手に持っているのが例のパンティー？」

はるるは悶《もだ》えている冬子の手から、するりと一枚の布を引っ張り出し、あたしに見せてくれる。

「これが幸せの黄色いパンツ、ね。見たところは普通の下着だ？　手触りがすごくいいくらいで、匂いもしないし、湿ってもいない」

「いくら新品とはいえ、躊躇《ちゅうちょ》なくパンツに顔をくっつける渚が本当に怖いよ、僕」

「あんたが穿《は》き倒してないなら、別にいいし。ていうか、あたしの友達はそこまで性格終わってない。で、ブランドのタグは……あれ？」

そこに書かれているブランド名と、あたしは目の前のテナント、その店先にディスプレイされている商品を交互に見つめる。

「このお店で扱っている下着と、同じブランド？」

「そういうこと。学校から近いランジェリーショップはここくらいだし、この黄色いパンツもここで売られていたなら、張り込みもアリかな、って」

「そっか。それなら冬子の言う通り、ここに来たウチの生徒をマークすればいいわけね。で、黄色いパンツを買った奴《やつ》が犯人候補と」

「へぇー！　フユにしては賢い！　あと何発か頭殴ったら、もっと賢くなるかも！」

「はるる。拳を下ろして。この発想、渚に殴られる前に考えたやつだから。打出の小槌《こづち》やドラムじゃないからね、僕は。叩いても響かないよぉ？」

バイオレンスなギャルに迫られて、怯《おび》えている王子様系女子は無視して。

あたしはもう一度店内を見渡す。

この時間は二十代くらいの女性客が目立つが、高校生も居る。

制服を見る限りは他校生で、同じ高校の生徒はまだ居ない。

「それじゃあ早速、買い物しているフリをしながら監視してみよう」

放課後、女子三人。ランジェリーショップで張り込み。すごい青春だ。病室のベッドで夢見ていた高校生活が……これ、かぁ。あ、あはは。

「何だか泣きたくなってきた」

「どうしたん？　渚《なぎさ》、話聞こうか？」

「冬子《ふゆこ》。下心全開で善人に徹する、でもあんまり親しくない男のモノマネをしないで？」

「あ、見て！　バカたち！　ほら、あそこのカップル！」

「まるで自分はバカじゃないと言わんばかりの呼び方！　一体どうしたのよ、もう……」

はるるが指差した先には、あたしたちと同じ高校に通う男女が居た。

多分、一年生かな。制服がまだまだ新しい感じだ。二人で顔を赤くしながら、ちょっとお高い下着を物色している。

「カップルで下着屋さんに来て、彼氏に媚《こ》び売って、相手が好むスケベ下着を買う系の女子だ！　健全な男子たちを守るために、今ここで根絶やしにしておこうよ！」

「あんたみたいな凶暴な女子こそ、根絶やしにされるべきだと思う」

「いいかい、はるる。三秒後に合図をする。いつも通り僕は右をやる。君は左を頼むよ」

「ちょっと待って。あんたたち、いつもこんなことしているの!?」

でもまあ、気持ちは分かる。自分が下着を買いに来た時、店内に若い男子が居たら正直気まずい。かといって討伐する気はないけど。

「アホなこと言っていないで、張り込みを続けるわよ」

「せっかくだから渚も下着を買おうよ。僕たちが選んであげるから」

「余計なお世話だって。あ、ちょっ……！」

冬子は近くにあった黒いショーツを手に取り（しかもTバック！）、ハンガーをつけたままであたしのスカートの上に合わせてくる。

「うん。やっぱり渚は黒が似合うね。どこか憂いを帯びた瞳で、彼に今日は帰りたくないことを告げる……ボタンを外した隙間から見える黒が、激しい夜を予感させるのさ」

「解釈不一致だね、フユ！　ナギは赤でしょ！　燃えるように情熱的な誘いで、好きな男子を強引にベッドに引きずり込む……肉食系女子の象徴！」

スカートの上からとはいえ、交互に下着を押し当てられて、勝手な妄想をされて。

なんかこれ、すごく卑猥《ひわい》じゃない？

二人の最低のセクハラに思わず顔が熱くなる。

「や、やめ……！　あたしは別に新しい下着とか、いらないから！　ていうか、今日のだってしっかり新品だし！」

「いや、あれはダサいよ。男子も萎えちゃう」

「そうだよぉ、ナギ。もし彼氏とそういう雰囲気になって、下着を見られてさぁ、それで彼が『……すまん、夏凪《なつなぎ》。ちょっと今日は、無理そうだ』ってなったら、どうするの！」

「小さくため息を吐《つ》かれて、『やれやれ』って呟《つぶや》きながら服を着直して寝る彼の背中を見て、枕を涙で濡《ぬ》らす渚《なぎさ》。すごく惨めだ。でもそれがいい。そうであってほしい」

「勝手に妄想するなぁ！　それにあたしには、まだそういうのは早いって！」

強引に下着を押し退《の》けて、あたしは逃げるようにランジェリーショップを飛び出す。

すぐに冬子《ふゆこ》とはるるが追いかけてきて、二人はケラケラと笑いながら頭を撫《な》でてくる。

「あー、もう。ナギって本当に可愛《かわい》いよねえ。ちょっといじめられたくらいで、すぐに恥ずかしくなっちゃうの……可哀想《かわいそう》と書いて、かわいいってルビを振りたい」

「よしよし、照れ屋な渚が大好きだよ。まあ勝負下着は無くても大丈夫さ。勝負したい男が出来たら、僕が叩《たた》き潰しにいくから。悪い虫から守ってあげるね」

「はるるはともかく、冬子からは恐怖を感じる……あたし、疲れたから少しだけ近くのベンチで休んでいい？」

「いや、疲れたなら調査は明日にしようか。ここの店では収穫無さそうだし」

「え？　冬子、どういうこと？」

「実は張り込みの時、すぐに店員さんに幸せの黄色いパンツを見せて、直近で同じ物を買った女子高生が居ないか聞いたのさ。そうしたら、在庫は全く動いていなかったらしい」

つまりそれは、少なくとも犯人はここで犯行用の下着を買っていないということだ。冷静になってみれば、学校近くの下着屋さんで同じものを何枚も買っていたら、簡単に足がつくだろうし……。

「ていうか、何でそれをさっき言わなかったの？　何なら、店に来てすぐそれを確認すれば良かったと思うけど。ねえ？」

あたしの指摘に、はるると冬子は互いに顔を見合わせて、わざとらしく笑う。

なるほど。そういうことか。

「つまり二人はそれに気付きながら、あたしで遊びたかった、と。ふーん？」

「……えへへ！」

「……あはは！」

「二人だけ許す。先にジュースを買ってきた方を、見逃してあげる。よーい、ドン」

全力で駆け出した親友二人の背中を見送って、あたしはランジェリーショップに戻る。

さっき押し付けられた二つの下着を手に取り、店内の試着室でこっそり、今穿《は》いている下着と見比べてみた。

「ダサくない……ダサくない、もん」

だけどオススメされた下着を買うのは負けた気がする。

あたしは今日下ろしたばっかりのこの子を、ちゃんと穿《は》き倒してやる……っ！

翌日の放課後。あたしたちはまた、昨日とは別の場所に来ていた。

下着を買うところが押さえられなかったのならば、犯行現場を押さえればいい。

三人で夜中まで通話をして意見を交わし、集まった場所は――。

「下着の次は水着、かぁ……アニメのサービス回みたい。まあ、あたしの案だけど」

学校の敷地内にある、屋内プールだ。元々は強豪であった水泳部が使っていた設備だけど、それもあたしたちが入学するより、何年も前の話。

しかし現在、水泳部は廃部になり、ここは他の運動部のトレーニングや、夏場の体育授業で使われるくらい。

「いやあ、頼んでみるものだね。暦《こよみ》先生が頑張って、二時間ほど利用許可を取ってくれたみたいだよ」

あたしより遅れて更衣室から出てきたのは、冬子《ふゆこ》だ。

身長が高いだけあって、手足が長くて競泳水着がすごく似合う。男子どころか女子だって、そのモデルみたいな体型に目が釘付《くぎづ》けになっちゃう。

「渚《なぎさ》、呆然《ぼうぜん》としてどうしたの？　大丈夫？　太もも触る？」

「太もも触ったくらいで何が治るのよ？」

「僕の太ももからしか摂取出来ない栄養があるはずさ。まあ、視線で身体中《からだじゅう》を舐《な》め回されるのは慣れっこだよ。中学の頃は更衣室でよく見られたなあ。懐かしい」

「良かった思い出を振り返るようなトーンなの、おかしくない？」

「そうだよ！　すごく良かった思い出だからねぇ!!」

「うわ！　急に大声出さないでよ！　しかも満面の笑みで！」

冬子は露出趣味もあるの……？　あたしは同性でも見られるの、結構恥ずかしいけど。

何なら今、こうやって競泳水着を着ているのもすごく嫌だ。

「僕の身体くらいで動揺してどうするのさ。もっとすごいのが来るよ、ほら」

そう言って冬子が指差した先には、私の友達が……否――。

そこにあったのは、二つのメロンだ。メロンがメロンで、メロンだった。

足の生えたメロンか。足にメロンが生えているのか。

きっとこれは、一生解けない謎。あたしには迷宮入り確定の、大きすぎる謎。

「ナギ、フユ！　お待たせー！　いやあ、学校で借りた競泳水着、中々サイズが小さくてさー。特に胸のところは緊縛プレイを受けているみたいな！　あはは！」

走る度に揺れるメロン……あれ？　幻覚だ。よく見たらメロンは、はるるだった。髪を結ってお団子にしているその姿は、普段と違う印象を受ける。でも、これは。

「最悪だ！　スレンダーで美人な女子と、グラマーで無邪気なギャル！　その間に挟まれたあたし！　何の特徴も無いモブキャラになっているじゃん！」

両手に花、ならぬ両側に花だ！

「例えば冬子《ふゆこ》が薔薇《ばら》で、はるるがひまわりなら……あたしはせいぜい、ハルジオン？」

「そこは僕らの名前と、花の咲く季節で揃《そろ》えて欲しかったな。薔薇は初夏だし、ひまわりは夏。ハルジオンは春で、別名は貧乏草だよ、渚《なぎさ》」

「貧乏草じゃなくて、貧乏くじでしょ、こんなの……あと、あんたが花に詳しいのは微妙に似合うから更にイラッとする」

「大丈夫だよ、ナギ。ウチらがそんな派手な花なら、ナギは一生懸命に咲く花。たんぽぽくらいにはなれるから！」

「よし、買った。売られた喧嘩《けんか》は買うし、あんたという花も刈ってやる」

「ごめんってぇ！　せめて花屋の店先に並んでからイケメンに買われたいよぉ！」

そこは多分、「飼われたい」の方がしっくりくる気がする……って、やかましい。

あーあ。結構あたしも自信あったのになあ。泣きそう。

「僕は薔薇じゃなくて、渚の綺麗《きれい》な胸を引き立たせる役になりたいけどね。僕の方がたんぽぽでありたい。お刺身に添えられた、あのたんぽぽのように！」

「あれはたんぽぽじゃなくて、食用菊でしょ。バカ」

「ちなみにハルジオンも菊の仲間だよ！　話にオチがついたね、渚！　お上手！」

「そうね、ありがとう。全く関係ないけど、水中で人間が息を止める時間の、世界記録は二十四分くらいだって。じゃあ、一緒に泳ごう？」

「ふ、不慮の事故を起こそうとしている目だ！　具体的には二十五分くらいの事故を！」

閑話休題。あたしたちは準備運動をしながら、今日ここに来た目的を整理する。

「本当にあたしたちがプールを使っている間に、更衣室に黄色いパンツ事件の犯人がやってくると思う？」

「渚の提案なのに、随分と弱気だね。最近は運動部の部室は殆《ほとん》ど警戒態勢で、犯人が侵入しづらい。けど、プールの更衣室は利用者も少ないから……」

「人目が少なく、犯行にうってつけってワケ。ウチらがプールで楽しく遊んでいる間に、こっそりと更衣室に入ってきた犯人を……確保ぉ！」

はるるは冬子に背後から抱き着いて、二人揃ってドヤ顔であたしを見つめる。

囮《おとり》作戦を立案したのはあたしだけど、細かいところを詰めたのは二人で、その結果がこれだ。

「平気さ。校舎からプールに向かう連絡通路は、暦《こよみ》先生が見張っているからね。だから僕らのやるべきことは、外に聞こえるくらい……ここで大騒ぎすることさ！」

そう言うと、冬子《ふゆこ》は準備運動を終えてプールに飛び込んだ。

それから一気に二十五メートルを華麗なクロールで泳ぎ切って、反対側のプールサイドに上がる。楽しそうに手を振る冬子の顔が、なんだか眩《まぶ》しい。

「いいよね、フユって。いつも明るくて、ウチらのことを引っ張ってくれて」

隣に立つはるるが、ほんの少しだけ羨望を滲《にじ》ませた目で冬子を見つめる。

「うん。あたしもそう思う。復学した頃のあたしって、結構浮いていたよね？」

「んー？　確かにそうだったかも。それがどうしたの？」

「そんなあたしに、あの子はすごく気軽に声をかけてくれてさ。まるで昨日遊んだ友達に接するような態度で……ちょうど、ああいう感じの笑顔で」

「うんうん。それがフユのいいところだからね！　まあ、フユはフユで、少し浮いていたところがあったから。似た者同士の匂いがしたのかも？　ウチもだけど！」

冬子とはるると初めて会話したあの日のことを思う。

楽しみだった高校生活。それ以上に不安だった、学校での日常。

そんなあたしの前に現れた二人は、間違いなくヒーローだった。

「不思議だよね。あんなに面白くて、優しくて、格好《かっこ》いいのに」

「ねー！　あんなに友達思いで可愛《かわい》い女子って、中々いないのに！」

二人でちょっとだけ昔の話をしていると、冬子が戻ってくる。

「あ、バカが帰ってきたわよ」

「本当だ。バカみたいに全力で泳いだバカが戻ってきた」

「急にどうしたの!? 当人がいない間に悪口で盛り上がるこのグループ、陰湿すぎるよ！ ところで二人は泳がないの？ 渚《なぎさ》は心臓に負担がかかるとか？」

「あ、それは大丈夫。意外と走ったりしても大丈夫だし。だけど今日はやりたいことがあって、用意してきたの！」

あたしはプールサイドに置いてあった、ビニールバッグからあるものを取り出す。

「これこれ、スーパーボールの詰め合わせ！ 小さい頃見たテレビドラマでね、水泳の授業にこれを何個取れるかって生徒たちが競うシーンがあって、憧れだったの」

それはきっと、現実でもドラマのように体験している子供は多いかもしれない。

でも、あたしの生きていた世界……あの病室では、きらきらに輝くフィクションだった。

太陽の光を反射して輝くスーパーボールは、宝石のように綺麗《きれい》だったから。

「だから二人と一緒にやりたいなあ、って思って。こ、子供っぽいかな？ あはは」

何だか急激に恥ずかしくなって、はるるの真似《まね》をするように、笑って誤魔化《ごまか》してみる。

バカだな、あたし。小学生が授業でやる遊びを、高校生がやるとか。あたしはともかく、二人が楽しめるわけないのに。

「はるる。準備はいいかい？」

「もちろんでしょ、フユ。それじゃあ……いっくよー！」

あたしの手のひらから、たくさんのスーパーボールを奪って、はるるはそれを思いっきりプールに投げ入れた。

驚いているあたしに、冬子《ふゆこ》が小さく背中を叩《たた》く。

「何ボケっとしているのさ、渚《なぎさ》。僕が全部取っちゃうよ？」

「ウチも取るし！　あ、ダイヤ型のスーパーボールはポイント十倍だからね！」

ドボン、と。二人はあたしを置いて頭からプールに飛び込んでいく。

跳ねる水が、あたしの頬《ほお》を濡《ぬ》らす。大好きな友達二人は、それこそ小学生のように頭から潜って、底に沈んだ宝物を探し始めた。

「ま、待ってよ！　あたしもやる！　絶対二人には負けないから！」

同じように飛び込んで、頭からプールに潜って。息が続く限り、必死になってスーパーボールを取り合う時間が……なんだか、幸せだ。

昔のあたしには、出来なかったこと。あの頃の『心臓』では、出来なかったこと。

幼い頃に思い描いていた空想と理想に満ちた世界。

フィクションがリアルに置き換わった今、強く実感する。

ああ、もう。どうしよう。

女子高生って、やっぱりすごく楽しい！


「はぁー、遊んだ！　流石《さすが》に一時間近くもスーパーボール拾いはやりすぎだったかも」

あたしたちはプールサイドのベンチに腰掛け、冬子《ふゆこ》が買ってきてくれたスポーツドリンクを飲む。我ながら青春すぎる構図だ。うん、エモい。

「運動した後のスポドリも最高だし！　ね、はるる？」

あたしが尋ねると、右隣に座っていたはるるは微妙そうな表情を浮かべる。

「うぅーん、ちょっと微妙かも。ウチには甘すぎてしんどい……」

「ふふっ。はるるはサディストだね。飲み物を買いに行かせてそれをマズいと言い切るとは、目から食塩水が出てきそうだ」

左隣に座る冬子は、寂しげな顔でスポドリの缶を眺めて黙り込む。この主従関係、あたしたちが卒業しても続きそう。ていうか。

「仕方ないでしょ？　はるるは特殊な『舌』なんだから」

あたしがフォローすると、冬子は「確かに」と頷《うなず》きかえす。

これは別に「はるる様はグルメですわね」という、嫌味《いやみ》を込めた台詞《せりふ》じゃなくて、しっかりと理由があるのだ。

「ウチのこの体質、時々すごく嫌になる！　ジュースは飲める種類限られるし、スナックやファストフードも物によっては食べられないし、わがままな舌すぎるってぇ！」

憤りながらも、はるるはスポドリを一気飲みして、空き缶を握りつぶした。

ワインソムリエとか、職業柄普通の人間より味覚が優れている人は世界に数多くいる。

だけど、はるるは更に特殊な『舌』なのだ。

「でもさ、はるる。君は相手の体液、例えば血とか汗を舐《な》めると、その人の体調とか気分が分かるんだろう？　それって、かなり面白い特技じゃないかな？」

冬子の言うように、はるるの舌は明らかに他人と違う。

アメリカでは味覚の鋭い人間はスーパーテイスターなどと呼ばれるみたいだけど。

「役に立ったことないよぉ、こんなの。強いて言えば彼氏の飲みかけのコーヒーを舐めて、それで別の女の味がしたから、徹底的に追及して浮気を白状させたくらい」

「メチャクチャ役に立っているし！　ていうかはるる、あんたって彼氏居たの？」

「あはは、今のは即興で考えた話。でも、ウチの味覚がすごいってことを知っている同級生に、こんな感じの依頼を受けたことはあるよ。親しくない相手だから、断ったけど」

「はるるが主人公だったら、世の中のミステリ小説は殆《ほとん》ど破綻するわね……探偵泣かせのスキルすぎる」

そこまでいくと一種の超能力。味覚というより、第六感《シックスセンス》だ。

「でもフユとナギが相手なら、汗とか血をペロペロしても……いいよ？」

「その台詞《せりふ》、世界中探しても口にするのはあんたか吸血鬼くらいよ」

「ちなみに身体《からだ》から排出される液体なら大体何でもオッケー。例えば、お」

何かセンシティブな予感がしたので、あたしは思わずその口にタオルを詰め込んでやった。あたしの友達は二人とも、恥じらいが無さすぎるからなあ……。

「うぇー……ナギの使ったタオル、食堂の日替わりランチの味がする……」

「しないでしょ!? 食後に歯磨きしたし、あんたが特別なの！」

「渚《なぎさ》。ファーストキスはレモンの味って言われるけど、実際は直前に飲食した物の味がハッキリと出るから、マウスウォッシュは携帯しておくといいよ」

「うっさい！ まるでファーストキスを経験済みです、みたいに言うなぁ！」

「じゃあ、お互い未経験だし……僕とキスの練習、する？」

「あたしらの間で、女の子同士が尊いラブコメをする展開は永遠に無いから」

はっきりと断言すると、何故《なぜ》か冬子《ふゆこ》とはるるは顔を見合わせて赤くする。あったの？

あたしの知らないところで、『てぇてぇ』な展開が？ あ。未経験って言っていたし、いつもの冗談か。

「渚は真面目《まじめ》だなあ。大学生になったら悪い男の子に、アパートの部屋に連れ込まれて、お酒を飲んだ勢いで不真面目なことをしそうで、僕は心配だよ」

「あー、ウチもそれ分かる。『たまには不真面目なこと、しちゃう?』って言って、そのまま朝にチュンする的な展開ね」

「あ、あたしはちゃんと正々堂々と不真面目なことするし！」

「その宣言も何かおかしくないかな？」

「絶対ダメな男に惚《ほ》れこみそうだなぁ……あ、メッセージきた！　コヨちゃんからだ！」

そう言ってはるるは、胸の谷間からスマホを取り出す。胸の谷間から……？

「はるる。あんた今、どこからスマホを……？」

「さっきトイレ行った時、邪魔だったからここに挟んでおいただけだよ？　東江《あがりえ》はるるちゃん特製スマホケース！　ウケるっしょ？」

「どんな衝撃でも壊れなそう。あたしの脳は衝撃で壊れそう」

「それより、連絡通路からプールに生徒が入って行った、って！　多分もう更衣室に入っちゃったかも！　ど、どうする？」

慌てるはるるに、あたしと冬子は顔を見合わせて頷《うなず》く。

「あたしが更衣室に行く。二人には、プールの出入り口を任せてもいい？」

「分かった。だけど僕には渚のバックアップをさせてほしい。相手が暴力に訴えてくる可能性もあるだろうし」

「それならウチが出入り口を見張るね！　コヨちゃんにもスマホで通話繋《つな》いでおくから、そこは安心しておいて！　じゃあ、急ごう！」

あたしたち三人はプールを出て、それぞれが担う場所へ移動する。

はるるが連絡通路に繋《つな》がる出口を押さえ、冬子《ふゆこ》はあたしの隣に立ち、非常事態に備える。

そして、あたしは更衣室のドアをほんの僅かだけ開けて、中を窺《うかが》う。

「いた……！　あれが、黄色いパンツ事件の犯人？」

上下ともに学校指定のジャージで、野球部のキャップを深く被《かぶ》り、顔には白いマスク。

まさか、犯人は野球部関係者？　いや、それはフェイクかも。

「僕らのロッカーを物色しているね」

冬子も同じように覗《のぞ》き込み、犯人の行動を注視する。

三つのロッカーを開けて、何かを確認してから……犯人はロッカーを閉める。

その手には何も握られていなかった。あたしたちの衣類も財布も、無事だ。

それから犯人は、ジャージのポケットから袋に入った何かを取り出し——。

「貼った……！　ロッカーに、黄色いパンツを」

ガムテープで、はるると冬子のロッカーにパンツを貼り付ける。

次はあたしか。改めて見ると、不気味な行動ね。

「あ、あれ？　あいつ、帰ろうとしていない？」

犯人はガムテープをポケットに入れて、撤収の準備を始める。

へえー、そっかあ。そういうわけ？

あたしには黄色いパンツを配るような価値がないって、そう言いたいわけだ。

つまりあたし「だけ」が無事。被害一切ナシ。

それはそれで――。


死ぬほど、ムカつく！


「待ちなさい！　あんたみたいなドヘンタイ、絶対に許さないから！」

気付けばあたしはドアを蹴って、怒りに任せて突入してしまった。

続いて冬子が入室し、ドアの鍵を即座に閉める。

「これで逃げられないわね。あんたが特殊な性欲を満たす日々も、これで終わり！」

あたしたちが犯人に近付こうとした、その瞬間だった。

奴《やつ》は背を向け、そのまま更衣室の窓に向かって走り出す。

そうね。そこが唯一の逃げ場だし、そうしたくなる気持ちは分かるけど。

「……っ！　く、ううっ！」

鍵を下ろして必死に窓を横に引こうとしても、無駄。

「残念だけど、外側から対策済みよ。つっかえ棒を置くっていう、超古典的な手法だけどね。さて、それじゃあ……」

「ごごご、ごめんなさい！　どうか許してぇ！」

全てを諦めた犯人は、潔くその場で土下座する。あーあ、みっともない。

「そんな可愛《かわい》い声で謝っても許されるわけが……え？　可愛い、声？」

あたしの耳がおかしくなったのかと思ったが、冬子《ふゆこ》も驚いたような顔をしている。

混乱しているあたしたちに対して、犯人は野球帽とマスクを取る。

その顔は、あたしが想像していた性欲を拗《こじ》らせた男子高校生じゃなくて。

「こ、小金《こがね》ちゃん？」

その子はあたしたちと同じクラスの、小金心愛《ここあ》だった。


とりあえず、小金ちゃんを捕まえたあたしたちは、着替えを終えて保健室へと向かい、暦《こよみ》先生を交えて理由を尋ねることにした。

すぐに学年主任に引き渡すのも考えたけど、クラスメイト相手にそれは気が引ける。

小金ちゃんが自分の快楽のために、こんなことをしているとも思えないし。

「それで？　小金ちゃんはどうして、こんなフェチに満ちた行為をしていたの？」

「あ、心愛でいいよ、夏凪《なつなぎ》さん。私たち友達だし」

「急激に距離感を詰めることで罪を逃れようとしている!?　言っておくけど、そういうの無駄だから！」

「い、いや……それは普通に、心から出た言葉だけど」

困ったように笑う小金ちゃん、もとい心愛ちゃんにあたしの顔が熱くなる。

つい親しい友達と同じノリを出しちゃって、微妙な反応されると心が凍る……。

「遊んだことなくても、同じクラスなら友達だよ。ね？　夏凪さん」

「その割にはあたしに対しては『さん』づけなのが気になるけど……まあ、それはいいや。

黄色いパンツを配っていた理由は、何なの？」

あたしが再びストレートな質問をぶつけると、心愛ちゃんは黙り込む。

友達の定義が広すぎる彼女が、こんなことをしていたのが更に謎だ。

それでも黙秘権が与えられていないことは理解していたのか、心愛ちゃんはゆっくりと
その理由を教えてくれた。

「……私、駅で痴漢に盗撮されたの」

その告白に、あたしたちはショックを受ける。決して珍しくないことかもしれないけど、
その卑劣な行為は、女子にとって嫌悪の塊であることには違いないのだ。

「あ、触られたわけじゃないよ？　エスカレーターを使っている時に、背後で盗撮をされ
たの……スカートの中に、スマホを差し込まれて。そのまま電車で逃げられたの」

「よくある手段ですわね。可愛い生徒がそんな目に遭っていたなんて、許しがたいことで

す。担任の先生や警察には相談しなかったのですか?」

優しく諭す暦《こよみ》先生に、しかし心愛《ここあ》ちゃんは首を横に振る。

「それは考えました。だけど……動画を拡散されることが怖くて。ネットに上げられでもしたら……盗撮されたのが私だっていうことが、知り合いとかにバレたらと思うと」

相談をして、下手に見回りが強化されたら、それを察知した盗撮犯が姿を消す可能性もある。そうなったら、動画の元データは二度と取り返せない。

「心愛ちゃんは怖かった、のね。でもそれが、どうして黄色いパンツ配布に繋《つな》がるの?」

「えっと、それは……当日穿《は》いていたのが、この下着だったから。だからいっそ、盗撮されたのが私だって、特定されなければいいと思って」

「ええっと、それはつまり?」

「みんなにこの下着を配って、『幸せの下着』として、たくさんの女子に穿いてもらえば、盗撮されたのが私だって特定は出来ないでしょう? さ、最低な発想かもしれないけど」

「なるほどね、でも、『黄色いパンツを穿いたうちの生徒』っていうだけじゃ、そもそも特定は出来なくない? 心愛ちゃんがそれを穿いているなんて、誰も知るわけが」

そこまで言って、あたしはある可能性に辿《たど》り着いた。

多分だけど、知っている人、いるじゃん。

例えば、恥じらいながらも二人で下着を買いに行けるような関係の異性。つまり。

「彼氏にバレたくなかった……っていうこと？」

あたしの言葉に、心愛ちゃんは顔を真っ赤にして小さく頷《うなず》く。

自分の彼女が盗撮され、ネットに動画を上げられる。

彼氏も同じくらいショックだし、怒りに任せてどんな行動を取るかも分からない。

心愛ちゃんは無用なトラブルを避けるために、今回の事件を起こしたのだ。

「顔が映っていなくてもブレザーとスカートのデザインで、同じ学校だって分かっちゃう。

何らかのきっかけで、それが同級生に知られるのも……っ、うう」

そう言って遂《つい》に泣き出した心愛ちゃんの背中を、冬子《ふゆこ》が優しく撫《な》でる。

ＳＮＳがあまりにも流行《はや》りすぎているこのご時世。

この学校に通う何百人もの男子の誰かが、その盗撮動画を見つけて興奮のあまり、友達に拡散してしまう可能性だって、全く否定は出来ない。

「絶対許されない、そんなの」

口から漏れた呟《つぶや》きに、心愛ちゃんは肩を小さく震わせる。

罪悪感と恐怖でいっぱいになっている彼女に、あたしは——。

「あたしは、許さないから。絶対に……痴漢を許さない！」

「……え？」

何故《なぜ》か自分が怒られると思っていたのか、心愛ちゃんは目を丸くする。

何であたしが、心愛《ここあ》ちゃんを怒ると思っているのかな。

「探偵代行であるあたしたちが、その卑劣なクズ男を捕まえる！　そしてブートジョロキアを塗りたくったパンツを穿《は》かせて、四《よ》つん這《ば》いで警察署まで散歩させてやる！」

身体中《からだじゅう》を駆け巡る血が、沸騰しそうな怒り。

怒りはそんな言葉に変換されて、あたしの口から飛び出した。

「ねえ、冬子《ふゆこ》！　はるる！　それに暦《こよみ》先生も！　何かいい案、あったりする？　女子高生の日常を脅かすクズを捕まえる、最高のアイディアをちょうだい！」

あたしの言葉を聞いて、三人は力強く頷《うなず》きかえしてくれる。

そして一歩前に出たはるるが、一つの手段を語り出す。

「ウチにお任せあれ！　性欲に支配された輩《やから》をあぶりだす、とっておきがあるよ！」

「とっておき……いいよ、何でもやる。あたしを好きなように使って。好き勝手する痴漢をこらしめるためなら！」

「ふひひ。ナギのそういうところ、大好き！　じゃあ、早速これの出番かな？」

そう言って、はるるがスクールバッグから取り出したのは……。


夕方過ぎの、午後七時。

保健室で作戦会議を終えたあたしたちは、盗撮被害を受けた駅に向かった。

学校最寄り駅の、隣駅。心愛ちゃんは普段、野球部のマネージャーをしており、盗撮された日は部活後の帰宅途中に、この駅前で買い物をするために下車したそうだ。

「なるほど。帰宅ラッシュが少し収まっているけど、女子高生はまだ目立つ。獲物を物色するには最高の時間だね」

バスを乗り継いで辿《たど》り着いた駅前で、冬子は周囲を冷静に分析する。

「ウチ、あの駅のエスカレーター危ないなあって思っていたの。角度は急だし、長さもそれなりにあるし、スカートが短いと下から見えちゃいそうだよね」

はるるも同じように、駅の欠陥を指摘するけど。

「あ、あの！　ねえ、二人とも……本当にやるの、これ？」

あたしだけが冷静でいられない。

それもそうだ。だって、今のあたしは——。

「だってこれ、完全に痴女ギャルじゃん！」

ボタンを大きく開けたワイシャツ姿。崩して装着しているネクタイと、裾を結んだせいで、背伸びしたらちょっとだけおへそがチラリする、ガッツリめのギャルスタイル。

スカートは限界まで短く折られているし、その下のルーズソックスが無駄に目立つ！

「プロデュースバイ、ウチ！　いいでしょ、それ。すごくエッチだよ、ナギ！」

「そ、それは褒め言葉じゃなぁい！　可愛《かわい》いとか綺麗《きれい》とか、そういうのならまだいいけど、こんなのって……ううう！　恥ずかしすぎて、ムリムリ！　ムリー！」

思わずうずくまるあたしに対して、親指を立ててグッジョブと呟《つぶや》くはるるに、蹴りを入れてやりたい！

でもそんなことしたら見える！　色々と！　チラリと！

「すごく可愛いよ、渚《なぎさ》。僕が男子なら声をかけちゃうよ。いくら？　ってさ」

「最低すぎる一言！　そ、そういうことしないから！　あたしは！」

「ん？　僕はあくまで『そのソックス、いくらで買ったの？』っていう意味で言ったつもりだったのに。渚は何を連想したのかな？　ふふっ……本当に、エッチな子だよね」

「う、っ〰〰！」

何でもやるとは言ったけど！　啖呵《たんか》を切ったけど！　大見栄張ったけど！

「まさかその内容が、おとり捜査とか！　ありえないでしょ！」

いや、冷静に考えれば大アリなのは分かる。

常習犯なら状況再現をして、似たような獲物……女子高生を配置してやれば、バカみたいに喜んで食いつくだろうけど！

「恥ずかしがりすぎだよー、ナギ。上はインナー着ているし、下はショートの見せパンを穿《は》いているから、何の問題もなくない？」

「……でも、恥ずかしいものは恥ずかしいの！」

「見た目の守備力は低いけど、防御のステータスは爆アゲ状態だから！　ＲＰＧでも最強装備がセクシーなものとか、よくある話でしょ？　うひひ！」

「フィクションと現実を混同するな！　このオタクギャル！」

「セクシー装備で守備力は上がっても、貞操は守れなそうだと思わないかい？」

「ふゆこぉ！　横から最低なセクハラをかましてこないでくれる!?」

　でも、ここまできたからにはやるしかない。

　一つ隣の駅、つまり学校に近い駅には暦《こよみ》先生と心愛《ここあ》ちゃんが待機している。

　あたしたち三人は犯人が逃走に利用した、学校方面行きの電車に乗り込み、ヤツを炙《あぶ》り出す。仮に車内で捕まえ損ねても、逃走を許すことはない。

　信頼する友達二人が居るから、心配は無用だけど。だけど！　だけどぉ！

「……分かった。やる。やるけど、約束してね？」

　あたしは冬子《ふゆこ》とはるるの肩を掴《つか》んで、思いっきり睨《にら》みつける。

「もしあたしが盗撮されて、犯人に逃げられたら……代わりにあんたたちのパンツも盗撮して、ネットに上げてやる。いいよね？　あたしたち、友達だよね？」

　冗談じゃないと理解してもらえたらしく、二人は全力で頷《うなず》く。

　なるほど。心愛ちゃんの気持ちがちょっとだけ分かった。

黄色いパンツ、みんなで穿《は》けば怖くない。

あたしたちは駅に入り、改札を抜けてエスカレーターに乗る。

この段階では不審者は居なそう。心愛《ここあ》ちゃん曰《いわ》く、盗撮犯はスーツ姿の若い男で、背後に密着してスカートの中にスマホを差し込んできたらしい。

おとり捜査だからわざと、あたしだけがエスカレーターで、残りの二人が併設された階段で様子を見守りながら二階のホームに向かうけど、まだ大丈夫そうだ。

「それなりに混んでいるね。気を付けて、渚《なぎさ》」

二人とホームで合流し、ちょうどやってきた電車に乗る。

冬子《ふゆこ》の言う通り、時間帯も相まってまだ多少の混雑が続いている。

三人で同じ車両に乗り込み、二人はあたしから離れた位置で監視をしてくれた。

「スーツ姿の若い男……ね」

車両の隅に立つあたしの周りに、該当するのは三人くらい。

揃《そろ》いも揃ってスマホを弄《いじ》っていて、あたしを直接見ることはないけど。

心なしか、何度か目が合っているかのような。

だめだめ。扉の方を向いて立って、顔を見ないようにしなきゃ！

「……動いた」

あたしは手に握ったワイヤレスイヤホンを経由して、冬子とはるるに声を送る。
一人だけ。あたしの数歩後ろに移動してきた男がいる。
み、見られているのかな。
スカートの中からすらりと伸びる、白い太もも。
いつもより短いせいで、その付け根まで見えているような錯覚に陥ってしまう。
少し屈《かが》めば、見せパンとはいえ全部が丸見え。間違っても、落とし物など許されない。
それに隣に立たれたら、簡単に胸元を覗《のぞ》かれてしまうほど、開け放たれたシャツ。
こんな服装だと、言い訳も出来ない。
うわ。扉のガラスに映るあたし……完全に痴女、かも。
「ん……？」
いつの間にか、隣に立っている男が居た。
いや、男と表現するには若すぎ。小学校中学年くらいの、男の子だ。
可愛《かわい》い顔で、同級生にすごくモテそう。背はまだ、あたしの胸くらいまでで小さめ。
だけど、問題は。
『あらら。見られているよ、ナギ』
耳につけたイヤホンから、はるるの声がする。
男の子は塾の帰りなのか、青いリュックを前に抱えて電車に揺られている。

でも、その視線の先は扉のガラス越しにある風景じゃなくて……あたしの、太ももだ。

『気になるお年頃だね、ふふふ。その子は年上のお姉さんが好きなのかな？』

「うるさいなあ……バカなこと言わないで」

限りなく小声で冬子《ふゆこ》を一蹴して、おとり捜査を続けようとするけど。

男の子の視線は離れない。この年齢で太ももフェチとか、ろくな大人にならないでしょ。

いや、もしかして。

あたしがワイシャツの裾をほんの少し上げると、男の子は驚き、目を見開く。

「……っ！」

やっぱり。すごく見ている。あたしのおへそを。

そんなところ見て、何がいいのやら。胸とかお尻とか、あたしだってそれなりに自信はあるのに。だけど……。

おへそ、なんだ。そこ以外は、好きじゃないのかな？

一生、この男の子の記憶に残るのかも。今日の出来事と、あたしのおへそが。

そっか、そっかぁ……あたしが、この子の思い出になるのね。

中学生や高校生、大人になっても何度も、何度も思い返しちゃうの？

可愛《かわい》い顔しているのに、いけない子。

なんだろう。

すっごく、ゾクゾクしちゃう。

せっかくだから、もう少しだけ。ほんの少しだけ。

お姉さんが、君に――。

『お出口は変わりまして、右側です。お降りの際は、お忘れ物がないよう……』

電車のアナウンスが、駅への到着を告げる。

あ、あれ？　今あたし、何しようとしていた……？

何か、色々妄想しすぎて変なことをしようとしていた気がするけど。

「お疲れ様、渚《なぎさ》。遠くから見ていたけど、不審な男は居なかったよ……どうしたの？」

「んにゃ？　ナギ、何か顔赤くない？　やっぱり、恥ずかしかった？」

「な、なにもしていないけど!?　ち、痴女じゃないから！　あたし！」

降りた先、駅のホームで声を荒らげてしまったあたしに、二人は首を傾《かし》げる。

ううっ……最低だ、あたし。あんな可愛い男の子に、おへそを見せつけようとして。

どっちかといえばあたし、虐《いじ》められたい派なのに！　絶対、この服装のせいだ！

「うわぁ。またナギが顔を真っ赤にして自分の世界に浸っているよー」

「多分だけど、さっき隣に立っていたショタにいけない悪戯《いたずら》する妄想でもしていたんじゃないかな？」

す、鋭い！　いや！　未遂だから！　何もしてないから！　法にも男の子の身体《からだ》にも一

「そ、そ、それより！　結局盗撮犯は乗り合わせていなかった……っていうこと？」

「少なくとも、僕らが見る限りは。とりあえず暦《こよみ》先生と心愛《ここあ》ちゃんと合流して、明日以降もこの作戦を続けるか考えよう」

「……明日もやるなら、次はあんたの番ね？」

「ねぇー！　二人とも！　駅前で何か起きているっぽい！」

先にエスカレーターを下りたはるるが、あたしたちを呼ぶ。

慌てて改札に向かうと、その先のロータリーに白黒の車が何台か停《と》まっていた。

「パトカー？　事件でもあったのかな？」

「夏凪《なつなぎ》さん！」

様子を見ているあたしたちの元に、暦先生が駆け寄って来る。

「先生、これは一体？」

「捕まったのですわ！　例のスーツ姿の、盗撮犯が！」

「……えぇ!?　な、なんで？　あたしたち、何もしてないのに」

困惑するあたしたちは、野次馬《やじうま》で溢《あふ》れるその場を離れて、近くのコンビニ前で事の顛末《てんまつ》を暦先生から教えてもらった。

「夏凪さんたちがバスで隣駅へおとり捜査に向かった後、私と心愛さんが二人で駅を見張っていたら、何やら騒ぎが起きまして……」

二人は騒ぎに釣られ、駅の改札まで向かい、そこであるものを目にした。

「ホームに続く階段の下で、血まみれでボロボロになったスーツ姿の男が倒れていました
の。その手にはスマホが握りしめられていて」

「それって、もしかして！」

「ええ。それが犯人でしたわ。すぐに駅員が追い付き、男を取り押さえて即通報。何でも、
男は電車内での盗撮がバレて、この駅に着いた途端に逃走したらしいのですが」

「急いだあまり転んで、滑り落ちたとか？」

「いいえ。すれ違いざまに男子高校生にぶつかって、そのまま階段を転げ落ちたようです。

その男子高校生が意図的にぶつかったのかは不明ですが……」

突如、この事件に関わったその《男子高校生》に、あたしの胸は大きく跳ねた。

まさか。いや、そんなわけがない。

事件が起きる度に偶然居合わせ、解決に導いてしまう少年――。

その男子高校生が、他ならぬ彼ではないのかと。

「な、渚《なぎさ》！　急にどうしたのさ！」

その疑惑を晴らそうと、あたしは駆け出していた。

彼はどこに行ったのだろう？

現場に居合わせたなら、少なからず警察に協力しているかもしれない。

ロータリーを見回し、ふと……離れた先にある、一台のパトカーに目を留める。

そこにはドアを開け、後部座席に乗り込もうとしている、制服姿の男子の姿。

「ま、待って！」

叫ぶあたしの声は届かず、足が動き出すよりも先にパトカーは行ってしまった。

勘違いかもしれない。全くの他人の可能性だってある。それでも。


あたしの胸は、心臓はきっと、直感していた――。

怖いくらいに、強烈に刻まれるそのリズムが、叫びが。

彼が、あの《男子高校生》であると、知らせているような気がしたのだ。


「夏凪《なつなぎ》さん、大丈夫ですか？」

追ってきた暦《こよみ》先生に声をかけられ、あたしは現実に引き戻される。冬子《ふゆこ》とはるるも一緒に追いかけてきてくれたけど、そこであることに気付いた。

「大丈夫です。ところで、心愛《ここあ》ちゃんは？　ずっと姿が見えないですけど」

「私が警察に、彼女が盗撮の被害者であることを話したら、警察署で話を聞く流れになりましたわ。心配しなくても、とても安心した顔をしていましたよ」

「そっか……あたしたち、心愛ちゃんの力になれたのかな」

「ええ。あなたたち、《探偵代行》のおかげで、傷付いた少女が一人救われたのは、まぎれもない事実ですわよ。頑張りましたね、皆さん」

きっとこれは……世界の危機みたいなものと比べたら、すごくちっぽけなこと。

誰の日常にでも起こりうる、ほんの小さな『謎』と『事件』でしかない。

けれど。それでも、救われる人が居た。

あたしたちの努力で、消費した時間で、一つの不幸を取り除けたなら――。

「《探偵代行》も、悪くないかもね。ふふっ」

呟《つぶや》いたあたしに、冬子とはるるも笑って頷《うなず》きかえす。

きっと、一人なら出来なかったと思う。それに最後は、この物語に突如現れたイレギュラーな男子高校生によって、全部手柄を取られた感じもあるけど。

あたしたち三人なら、何だって出来る気がした。

「では、三人にご褒美です。ラーメンでも食べに行きましょうか」

暦先生はそう言って、あたしたちの前に立って歩き出そうとする。

「えぇー、ココちゃん！　女の子が四人も居るのに、ラーメンなのぉ？　確かにお腹《なか》は空《す》いているけど、こういう時ってパンケーキとかじゃない？」

唇を尖《とが》らせるはるるに、暦先生は困ったように首を傾《かし》げた。

「そうでしょうか？　では、お酒が飲めるパンケーキのお店を探しましょう」

「暦《こよみ》先生、もしかして本命はラーメンじゃなくてビールでしたね？　渚《なぎさ》はどうする？　僕は君が楽しみにしていたタピオカでもいいし、それ以外でも」

「いいじゃん、ラーメン。行こうよ！」

肯定的な声を上げたあたしに、みんなは驚いたみたい。

確かに、あたしには憧れていた日常があった。タピオカだって、その一つ。

だけど本当は、何だっていいのかもしれない。

「女の子四人でラーメンとか、それはそれで青春だと思うし？」

ずっと一人で病院食ばかりを食べていた、あの頃のあたしには気付けなかった。

本当に大事なのは何を食べるか、じゃない。誰と食べるか、なんだ。

「ナギが言うなら、仕方ないなぁー。おっぱいとお尻とおへそを丸出しにして、男たちのいやらしい視線に耐えて、頑張ったわけだし！」

「ラーメン一杯であの姿が見られるなら、僕は毎日渚にラーメンを奢《おご》るよ。渚のミニスカギャルスタイルは僕にとっての万能食だ」

「あら。そういえば夏凪《なつなぎ》さん、今日は派手な格好ですわね？　我が校は校則が緩いとはいえ、貞操観念まで緩くするのは……感心できませんわよ？」

またバカたち（事情を知ってる先生まで）が、あたしを弄《いじ》ってくる……でも、いいや。

それに、あの男子高校生のことは気になるけど。

今は、忘れちゃおう。

みんなでラーメンを食べに行く、この瞬間の方が大切だから！


後日談。

結論から言うと、心愛《ここあ》ちゃんは盗撮こそされてはいたものの、その動画がネット上や犯人の知人などに拡散されることはなかったそうだ。

押収されたスマホにあった盗撮動画は、違法なサイトやSNSなどで売買しているわけではなく、完全な趣味だったとか。

それでも被害者はかなりの人数に及ぶそうで、これから警察はあの盗撮犯に多くの時間を費やすことになるみたい。

「最悪の事態は免れたみたいで、良かったよ」

昼休み。食堂の外に併設されているカフェスペースで、あたしたちはお茶をしていた。

冬子《ふゆこ》はそう言って、微糖の甘い缶コーヒーを一口啜《すす》る。黙っていれば何でも似合うわね、あんた。言わないけど。

「幸せの黄色いパンツ自体は、生徒の間で未《いま》だにレアアイテム扱いみたいだけどねぇ。でもまあ、この変なブームもしばらくすれば収まるっしょ！」

はるるの言う通り。女子高生は流行に敏感なのだ。

誰も下着を配らなくなれば、この出来事は風化する。

きっといつか、同窓会とかで語られることはあるかもしれない。

あのパンツは何だったのか。少し老けた同級生たちが、笑いながらそんな会話をしている姿が目に浮かぶ。

「心愛《ここあ》ちゃんは何度もお礼を言っていたし、頑張った甲斐《かい》があったよね。あ……もう飲み終わっちゃった。ゴミ捨ててくるね」

あたしが席を立った、その瞬間――。

今日は快晴。時折、柔らかな風が吹いて、とても気持ちのいい一日だ。

だけどその風は、《探偵代行》を完遂したあたしを祝福することはなく。

それどころか、子供の悪戯《いたずら》じみたことをしてきたのだ。

捲《めく》れたのだ。スカートが。冬子《ふゆこ》とはるるに、その中を曝《さら》け出すように。

「……ち、違うの。心愛ちゃんからのお礼でね？　これ、高い下着だし？　それに二人は気に入らなかったみたいだけど、可愛《かわい》いデザインだと思うし？　可愛いよね？　ねぇ!?」

必死に弁明するあたしに、親友二人は優しく笑い返してくれる。

「いや、何度見てもそのパンツはクソださいよ、渚《なぎさ》。すぐに脱ごう。そして僕が持って帰ろう。代わりに僕のスパッツを穿《は》かせてあげるから」

「ナギのセンスって独特だよねー。ウチだったら五万円貰《もら》っても穿けないレベル。まあでも、幸せを運んできてくれるかもしれないよ、それ。あはは！」

「うう～～～っ！　か、可愛いもん！　二人が何て言おうと、このパンツは可愛いデザインだからぁ！　ずっと穿くもん！」

　こうして、幸せの黄色いパンツ事件は幕を閉じた。

　宣言通り、あたしは心愛ちゃんから貰った下着をしばらく穿き続けていたけど、冬子とはるるに、強引に何着かの下着をプレゼントされ、お蔵入りならぬ、タンス入りしたのだが、それはまた別の話。

第二話　失われた青春のページ

幸せの黄色いパンツ事件が解決し、土日を挟んでの月曜日。

放課後の図書室で、あたしは《探偵代行》としてではなく、自分自身のために、ある『調査』を始めていた。

この街で起きた事件現場に偶然居合わせ、解決に導いてしまう《男子高校生》。

直近の新聞をいくつか漁《あさ》り、地方版を主に調べてみると、いくつかそれに当てはまりそうなものがあった、けど。

「匿名を希望することが多い男の子なのかな……面倒くさい」

【少年Kが今日も迷子の子猫を捕獲！】だとか。

【振込め詐欺を未然に防いだ、スーパー男子高校生！】だとか。

この男子高校生が『いつもの彼』であるかのような見出しではあるけれど、決定的な本名は掲載されていなかった。

目の前に解けない『謎』があることが、もどかしい。早く見つけたい。

「ううん。まだまだ調査は始まったばっかりだし、調べ方が甘いだけだよね。もう少し古い新聞やネット記事を漁らないとダメかな。図書室に無いなら、図書館に……」

「渚《なぎさ》、調べ物は終わったかい？」

新聞を片付けていると、いつの間にか冬子《ふゆこ》が迎えに来ていた。

隣にはもちろん、はるるも居る。

「相変わらず、渚の謎解き欲求は収まらないままだね。熱心に調べるのはいいことだけど、僕たちを蔑《ないがし》ろにしちゃうのは悲しいな」

「こんなに帰るのが遅いと、ウチら三人とも帰宅部のレギュラーから外されちゃうよ？」

「いや、確かにあたしたちは帰宅部だけど、レギュラーにはなりたくない……ていうか、帰宅部のレギュラーは大会で何をするのよ」

「今年は箱根《はこね》で大会があって、お正月に陰キャエピソードでラップバトルするのだ！」

「大学駅伝が行われているその横で!?　ただでさえ傷だらけの青春送っていそうな人たちが、互いにディスり合うの!?」

そして帰宅する早さ云々《うんぬん》はどこにいったの……？　まあ、いいや。

「あたしもそろそろ帰ろうと思っていたところだし。今日はどこか行く？」

「うん！　フユと一緒に買い物行くの！　じゃあ、また明日ね！　ナギ！」

「自然に除《の》け者《もの》にした相手と、また明日楽しく過ごそうとしているってマジ？」

とりあえず、あたしたちは（ちゃんと三人で）駅前の繁華街でもぶらぶらすることにした。

買いもしないのに高い服を見て。すれ違うカップルを羨ましがって。でも時々は思い切って無駄遣いもしてみる。そんなすごくありふれた、青春の消費をするのが。

すごく楽しい。やっぱり、三人一緒だと何をしていても笑いが絶えない。

「そうだ。ちょっと本屋に寄ってもいい？」

あたしが提案すると、二人は小さく頷《うなず》いてくれる。

「そっか。渚《なぎさ》が愛読している成人向け漫画の発売日、今日だったっけ！」

「やめろぉー！　あたしのイメージを下げるようなことを言うな！　そんなの買ったことないし！」

「でも読んだことはある、と？」

「……う、うるさい！　あたしだって思春期だし、別にいいでしょ！」

「お。否定しないのは珍しい。僕はあんまりそういうのに興味がなくて……ごめんね？」

「まあウチらは清楚《せいそ》で売っているから、ナギと違ってそんなの触ったことすらないので？」

「下ネタとセクハラで汚染された、ヘドロみたいなヨゴレキャラでしょ、あんたたち」

駅近くの大型書店に入り、あたしは目的の小説を買おうとする。

ＳＮＳでたまたま知った、ちょっと昔のライトノベルだ。新作は作者の都合で中々出ないみたいだけど、今でも重版され続ける人気シリーズ。

「あれ……？　三巻が歯抜け状態だ」

「あるあるだね。シリーズものは一巻が一番売れるから、どの書店にもある。だけど途中の巻は中々補充されないっていう」

「分かる！　お金を払えば無料で続きが読めるのに、その続きが置いてないとかマジで勘弁してほしい。ブチギレて反転アンチになりそう」

「わあ、闇堕《お》ちの動機が厄介すぎるタイプのファンだ。学校の図書室ならあるかもしれないけど……あ、はるるの目が怖い！」

本当の意味で「無料で続きが読める方法」を口にしただけなのに。

「ナギぃ！『図書室で先生の本を読みました！　でも買っていないです！』というファンレターが来た時の作者の気持ちを考えてみて⁉」

「それ、『この時の作者の気持ちを答えよ』問題の進化版？」

「先生が厄介なファンだったら、答えを間違った時の成績が心配になるね」

あたしと冬子《ふゆこ》は面倒なオタクに圧をかけられ、レジで二巻まで買って本屋を出た。

それからあたしたちはタピオカを飲もうとしたのだが、冬子がオススメする店は潰れていて、バナナジュースに変更となってしまった。

「飲みたかったなあ……タピオカミルクティー」

お店の前のベンチに並んで座って、おいしいけど本命じゃない飲み物を啜《すす》りながら、つい本音が漏れてしまう。

「買えばいいのに。今ならわざわざ街歩きしなくても、コンビニにだって置いてあるよ？」

「それはそうだけど、みんなで飲みたいの。だって、憧れだったから……」

つい拗《す》ねるような口調になってしまった。そんなあたしの頭に、二人が手を置く。

「渚《なぎさ》は可愛《かわい》いなあ！」

「ナギは可愛いなあ！」

そんな言葉とともに、二人はあたしを優しく撫《な》でてくれる。

「不思議なことに、僕らって皆で一緒にタピオカを飲んだことないよね。だから今度三人で、一番おいしいお店を探して飲みに行こう。約束だよ」

「いいね！　ウチも色々知っているから、任せて！　記念日とかに行こうよ！　何かハッピーなことがあったら、その日に！　ふへへ！」

冬子《ふゆこ》もはるるも、きっとタピオカミルクティーなんて飲み飽きているはずなのに。

あたしのために、あたしと時間を共有してくれることが、すごく嬉《うれ》しい。

やっぱりあたしの友達って、最高だ。

「じゃ、じゃあ……三人で一緒に並んで、映《ば》える写真も撮りたいな！」

「僕とのチェキは別料金になります。一枚三千円。アクリルボード越しで」

「撮影終わったらウチのタピオカはゴミ箱に捨てていい？　カロリー高いし」

「やっぱりあたしの友達って、最低だ！」

翌日。あたしは本屋で買ったラノベの続きを、図書室で探すことにした。

「冬子、はるる。この後一緒に図書室行かない？」

放課後の教室で二人に声をかけると、なんだか暗い顔だった。

「ごめん、渚。一人で行ってもらってもいいかな？」

「ナギには悪いけど、ウチら図書室行く余裕無くてさぁ。ごめんね！」

少しだけ、胸が痛んだ。いつもは誘いを断らないどころか、二人の方から遊びに行こうと声をかけてくれるのに。

「あ、あはは……そう、だよね。二人はあたしと出会う前から友達だし、時々はあたしが邪魔になる日もあるよね」

「そうだね。この先は渚と一緒に居られない」

「だってウチら……この後、別の人と約束があるから」

思わず、視線を逸《そ》らしてしまう。二人きりじゃなくて、あたし以外の人が居る。

春夏冬《あきなし》の絆《きずな》はもう、どこにもないなんて。

と、そこであたしは二人が手にしている物に気付く。

「それ、あんたたちがバカみたいな理由で放置した、数学の宿題プリントよね？　まさかこの後、補習を受けるっていうこと？」

あたしの指摘に、バカ二人はわざとらしく顔を背ける。

「違うよ、渚《なぎさ》。補習という言葉を使うと、まるで僕らがバカみたいじゃないか」

「そうだよぉ！　ウチらはこの後、蜂巣《はちす》先生と一緒に追加ダウンロードコンテンツを遊ぶだけだし！」

「はいはい。じゃああたし、先に図書室行くから。その楽しそうなゲームをクリアし終わったら合流してね」

心配したあたしがバカみたいだ。でも、ちょっとだけ安心。

「見てごらん、はるる。渚がすごく安心している顔をしているよ。可愛《かわい》いね！」

「ウチらが他の女子に寝取られたって勘違いした時の顔で、ごはん三杯はいけるよね！」

ぐっ……また見透かされてしまった。

顔が熱い。いつもはバカなくせに、あたしのことになると敏感なの、本当にやめてほしい。

「そ、それよりさ。蜂巣先生って、かなり厳しいよね？　宿題忘れたくらいで補習は驚きだよー。あ、あははー」

「誤魔化《ごまか》し方が下手すぎるよね、渚。まあ僕は蜂巣先生以外にも、ほぼ全ての教科の先生から目をつけられているから、慣れたものだけど」

「ウチ、蜂巣先生嫌い……男子からは人気あるけど、女子はほぼ全員無理って言っているしさ。ゆるふわ天然系っぽい雰囲気なのに、授業は緩くないし！　キツいし！」

担任の蜂巣先生は、四月に赴任してきたばかりの若い女性教師だ。

彼女が担当する数学の授業は厳しいが、生徒への口調は丁寧だし、私服は清楚《せいそ》系。いつも甘い香水の匂いがして、確かに男子のウケはめちゃくちゃ良さそう。

「ウチは女性教師なら、断然コヨちゃん派だから！　蜂巣先生は絶対に裏あるよね。ああいう雰囲気とは裏腹に、男にすごく飢えているとか」

「あー、それは確かに……っ！　は、はるる？　それは言いすぎだと思うかなー？」

「えー？　でも昼はふわふわしているのに、夜はサディストってギャップ！　うん、想像出来ちゃうよね。そしてベッドの中では……っぁああ!?」

あーあ。だから言いすぎだって言ったのに。

はるるの背後には、不穏な笑みを浮かべている蜂巣先生が立っていた。

「東江《あがりえ》さん、白浜《しらはま》さん。今日は楽しい補習になりそうですねー？　問題集を追加で作成しておいた甲斐《かい》がありましたぁー。うふふ」

「え、ちょっ……！　ぼ、僕は何も言ってないのに！」

「お友達の失言は連帯責任ですよぉー？　では、夏凪《なつなぎ》さん。二人を借りていきますねぇ」

あたしの友達二人はそのまま、死にそうな顔で近くの多目的教室へと連行されてしまった。巻き添えを食らった冬子《ふゆこ》は不憫《ふびん》だったけど、ちょっと笑える。

「一人でもいいや。小説を見つけて、読みながら待っていようかな」

今日の図書室は珍しいことに、あたし以外の利用者が居なかった。

普段は何人かの生徒が勉強をしているはずなのに。

「不思議なこともあるのね。さて、ライトノベルコーナーは……あっちね」

目的の棚の前に移動したあたしは、すぐにお目当ての小説を見つけた。

ついでに続きが無いかと思って、改めて棚を見ると。

「えぇ……ここも歯抜けなの？」

続きである三巻が無くて、四巻からは最終巻まで揃《そろ》っているのが、またムカつく！

だけどそれは、あたしが手にした作品だけじゃなかった。

「よく見たら、ライトノベルだけじゃなくて……文芸小説とか、他の小説にも歯抜けがある。どうしてだろう？」

「どうしてか教えてあげましょうか？　可愛《かわい》い女子生徒さん」

「ぎゃあああ!?　い、い、いきなり誰ぇ!?」

本当に気付かなかった。足音も吐息も一切感じなかったのに。

その女子生徒は、あたしの背後にいつの間にか立っていた。

真っ黒い髪と、特徴的な白いカチューシャ。フレームレスの眼鏡が知的な印象を感じさせる、図書委員という役職が誰よりも似合いそうな女の子。

「怖がらせちゃったわね。私は直木読子《なおきよみこ》。二年生。誰がどう見ても図書委員よ」

「あ、もしかしてそのルックスって、キャラ付けのためだったりする……？」

「そうよ。父は小説家、母は出版社勤めという文字に愛された家庭に生まれた私は、本に関する仕事が天職だと思ったから。親孝行でしょう、私」

「名前も読子、だしね。親孝行かは別として」

「ちなみに本当はバンドをやりたかったの。文化祭で体育館のステージに立って、派手な服装で反体制の歌と不平等を叫びたかった……」

「み、未練に満ち溢《あふ》れている！　しかも割と歪《ゆが》んだ夢をお持ちだった！　今からでも生き方を改めるべきだと思うけど！」

「いいのよ。私はもう死んでいるから……」

「確かに個性は死んでいそうだけど。でも、むしろその名前でそのルックス、期待通りの図書委員っていう点では逆に個性満点かも」

しまった。出会って三秒でツッコミをやらされてしまった。

多分この子は、あたしの友達《バカたち》と同類の匂いがする。

「そうだ。名乗るのが遅れちゃったけど、あたしは夏凪渚《なつなぎなぎさ》。三年生」

「よろしく。ところで夏凪《なつなぎ》は、何を探していたの？」

「下級生なのにタメ口を使うのがすごく上手だね？　別にいいけど……小説を探していたの。これの続き」

あたしが手に持った本を見せると、読子《よみこ》は「ふぅん？」と、曖昧に首を傾《かし》げる。

「続きを探すよりも、歯抜けの小説が多いことが気になって」

「そうみたいね。私が委員になってしばらく経《た》ってから、こういう感じになったわ」

「誰かの悪戯《いたずら》？　それとも、何か理由があるとか」

「そんなことが気になるなんて、まるで探偵さんみたいね。好奇心は身を亡《ほろ》ぼすわよ。闇を知りすぎたシャーロック・ホームズが、最期はマフィアに消されたみたいに……ね」

「あれ？　ホームズの最期って、宿敵のモリアーティ教授を道連れにして、死んだはずだったけど……しかもその後、蘇《よみがえ》ったし」

「知らなかったわ。私、推理小説嫌いだから」

「知ったかぶりの女に死にざまを捏造《ねつぞう》されるホームズ、めちゃくちゃ可哀想《かわいそう》。ていうか、本当に図書委員なの？」

「この見た目と眼鏡でそれを疑うの？　疑《うたぐ》り深い人だわ。まるで探偵さんみたいね。好奇心は身を亡ぼすわよ。宿敵と共に命を投げ打った、シャーロック・ホームズのように」

「情報のインプットと決め台詞《ぜりふ》のアップデートが早すぎる！」

しかも図書委員であることを信じるための要素が、見た目と眼鏡だけって。

それよりも、歯抜け小説の話だ。

「小説が歯抜けになっている理由が分からないなら、別にそれでいいけど」

「知っているわ。いいえ、知らないとも言えるけど」

それは、さっきのような冗談かと思ったけど。

「ついてきて。書庫に案内するわ、夏凪」

自称図書委員に、自信満々の顔でそう言われると、ついていきたくなるものだ。

あたしたちは図書室のカウンターに入り、その裏にある部屋に入った。

「へえ。カウンターの裏にある部屋って、書庫だったんだ」

「図書館の書庫と比べると、すごく小さな書庫だけどね。ここは処分が決まった本や、貸出用のバーコードをまだ貼り付けていない本などがストックされているわ」

そう言って、読子は近くの棚に移動してあたしを手招きする。

何だろうと思って近づくと、そこには何冊かの小説が並べられていた。

「あ……！　これ、あたしが探していた小説の三巻だ！」

それだけじゃない。さっき見つけた、他の歯抜けになっているシリーズの、その抜けた巻も何冊か並べられている。

「でも、どうしてこれを図書室に並べないの？」

「ここにある本は理由があって貸出禁止になっているのよ。例えば、これね」

読子《よみこ》が手に取った本は、あたしが探していた小説の三巻だった。

「このライトノベルの挿絵、どう思う？」

そう言われて広げられたイラストページを見ると、ちょっと肌色多めな挿絵だった。

「胸が大きな女の子がエッチなハプニングで涙目になっている、少しエッチだけど思春期男子歓喜な最高の一枚に見えるけど？」

「そうね。私もエッチだけど素敵なイラストだと思う。だけど、それが理由よ」

小さくため息を吐《つ》いて、読子はまた別の本を手に取る。

「こっちの本は普通のミステリ小説だけど、あらすじが不穏なのよね。高校生が犯罪をする話のようにも読めるから。それ以外の本も大体似たような理由よ」

「もしかして……内容やイラストが不健全だから、って理由で移されたってこと？」

「その通り。当時の生徒会長が随分と潔癖な人でね。生徒総会で議題に取り上げて、殆《ほとん》ど独断で廃棄処分にしたの」

よく見たら、裏表紙と小口には【廃棄】と大きな黒スタンプが押されていた。

貸出管理用のバーコードも、セロファンごと強引に剥《は》ぎ取られているみたい。

「バカみたいな話よね。どんな物語であっても、その人の思想や行動を決めることなんて出来ないのに。ここにあるのはほんの一部で、たくさんの本が廃棄にされたわ」

「……酷《ひど》い話。図書委員の人は抵抗出来なかったのかな？」

「聞いた話だと、次の生徒総会で大反撃して、廃棄された倍の数の書籍を仕入れさせたみたいね。これがこの学校に伝わる、伝説の第一次図書室戦争よ」

「あたしが全く聞いたことのない学校伝説が突然出てきた⁉」

「第二次では図書委員が生徒会長の弱みを握って、最終的に辞任に追い込みましたとさ」

「しかも続きがあったうえに、やっていることがえげつない！」

読子の顔を見るに、嘘《うそ》や冗談じゃないみたいだし。

ぶっちゃけ小説の続きより気になる……今度生徒総会の議事録を読みに行こうかな。

「あれ？　ちょっと待って、読子。この本たち、よく見たらどれも中のページが破損していない？」

ふと、並べられた本たちを捲《めく》って気が付いた。

どれもページが一ページだけ、破損している。一冊だけ、破れているのは表紙だけど。

「もしかして、これも貸出が出来なくなった理由じゃないの？」

「それは正解だけど、不正解とも言えるわ。何故《なぜ》ならこのページが破られたのは、この本たちが廃棄のスタンプを押された後だからよ」

「え？　何でそんなことになったの？」

「さて、ね。どうして廃棄の決まった本たちが、全て同じように一ページだけ破られているのか……あなたに分かる？」

そう言われて、あたしはもう一度本を捲《めく》って、それぞれを見比べる。

だけどこれらの本とページには、一切の共通点が無い。

「ただの悪戯《いたずら》、とか？」

「きっとそれも不正解ではないかもしれないけど、ただ一つの正解ではないでしょうね。ねえ、可愛《かわい》い探偵さん」

笑みを浮かべて、読子《よみこ》はあたしの目を真っすぐに見つめる。

儚《はかな》げな雰囲気を纏《まと》う彼女に、つい見惚《みと》れそうになるけど。

そんな気分は、次に放たれた言葉で消え失《う》せた。

「この『謎』があなたに解ける？　きっとそれは、無理に近いと言えるわよね。だってまだ誰も答えを見つけていない、とっても難解な謎だもの」

挑発だ。分かりやすい、子供でも引っ掛からないような。

だけど、あたしのハートはとっくに燃え上がっていた。

理屈では説明出来ないけど、『謎』という言葉と、『探偵』という呼び方に——。

「いいわ、やってやろうじゃない。だけどあたしは、探偵じゃない。それは正解だけど、不正解とも言えるわ。あたしは《探偵代行》よ、読子」

絶対にこの謎を解き明かしてやるという、意地が生まれてしまっていた。

「ふふっ。素敵ね、夏凪《なつなぎ》。でも私の決め台詞《ぜりふ》を真似《まね》るなら、もう少し格好《かっこ》良く組み込んで欲しいのだけど？」

「……それは、あたしも思ったけど！」

こうして、あたしは新しい謎に立ち向かうこととなった。

「渚《なぎさ》が僕以外の女に寝取られた」

読子から謎を提示され、図書室を出た後。

あたしは補習を終えたバカたちと合流して、校内の自販機コーナーで一休みしていた。

「寝取られてないってば……数学をやらされて、頭悪くなった？」

「いいや、これは立派なＮＴＲだよ！　僕らが留守にしている間に、読子とかいう女を招き入れて軽快なトークをしたわけだし、どう見ても浮気だよ!?」

「け、軽快なトークをしたかは分からないじゃない？」

「それは今から確かめればいいさ。ねえ、はるる？」

「ほいきた！」

一瞬であたしの背後に回り、ベンチ裏から逃げられないように冬子《ふゆこ》があたしを押さえる。

「な、何をするつもり……？　まさか二人で、あたしを辱めて洗いざらい喋《しゃべ》らせるつもりね！　あたしはそんなものには屈しないから！」

「うーん。この誇大妄想。渚《なぎさ》のドMぶりには驚くよね」

「まっ、ウチらがナギに悪戯《いたずら》するのは大正解だけど」

その直後だった。はるるはあたしの首筋に顔を近付けて、そして——。

「ん、んんっ……！」

全身に微弱な電流が走るような、甘い感覚。くすぐったい。ちょっと温《ぬく》い。でも、ほんの少しだけ気持ちいい。

これは、キスだ。

はるるがあたしの首筋に、口づけをしてきたのだ。

「ナギ、可愛《かわい》い。もう一回だけ、同じこと……しても、いい？」

蕩《とろ》けた表情と声で、吐息を漏らすその顔に。

あたしは強い抵抗が出来ない。まるで、その先を望んでいるかのように。

「や、あっ……お、女の子同士でこんなの」

「あれれ？　その割には抵抗する気が無さそうだけど？　心の底では続きを望んじゃっている、そんな悪い子には……今度は口封じを」

「あのー？　僕を無視して二人だけの世界に入らないでくれるかな？　だったら僕も交ぜてよ！　生殺しすぎるよ！」

背後で喚《わめ》いた冬子《ふゆこ》のおかげで、あたしは現実に引き戻された。

あ、危ないところだった……最初の屈しない云々《うんぬん》はぶっちゃけ演技だったけど、はるるの顔があまりにも綺麗《きれい》だったから、つい。

「引っ込んでいて、フユ。百合《ゆり》に挟まる男とか、死んでも文句言えないよ？」

「男じゃないが!?　ボクっ娘《こ》で王子様キャラだけど、別についてないが!?　それより、渚《なぎさ》の言葉は本当だったかい？」

冬子の言葉で、あたしは二人の行動の意図をようやく理解した。

「はるるの『味覚』を使って嘘《うそ》を暴くとか、最低にも程があるんですけど！」

「あはは！　ウチがちょっとでも汗を舐《な》めれば、どんな嘘も見抜けるからね！　ちなみに結果は完全にクロ。動揺の味。すごく苦かったぁ」

「だろうね。別に汗を舐めなくても、渚の顔を見たら分かったけど」

「え？　あたし、完全に舐められ損では？」

はるると冬子じゃなかったら、即警察にお電話していたけど。

せっかく、「図書室で変な子と出会った」ことだけ喋《しゃべ》って、詳細は曖昧にしたのに。

そんなに分かりやすいかなあ、あたし。

「あーあ、辛《つら》いなあ。ウチが先にナギを好きだったのに。そこら辺の女子生徒にＢＳＳ食らわせられるとか、ゲキ凹《へこ》みだぁ」

「はるるに至っては意味不明な略語を使い出しているし。どういう意味よ、それ」

「『僕が先に好きだったのに』、っていう意味！　ウジウジしている間にクソ雑魚ヘタレ男子が、片思いの女子をイケメン陽キャに掠《かす》め取られる系の漫画！」

「ＮＴＲとどう違うの、それ……」

「略奪愛と違って、結局ヒロインとは付き合ってないから何も言えないっていう、胸のざわめきや苛立《いらだ》ち、焦燥感を主人公と共有して楽しむワケ。ハリウッド映画と一緒だね！」

「あんたのハリウッド映画って、あたしと違う世界線に存在してない？」

蜂巣《はちす》先生にこってりと絞られた割には、二人とも元気そうで何よりだ。

相変わらずくだらない会話をしていると、白衣を着た見知った養護教諭もやってくる。

「あらあら、夏凪《なつなぎ》さん。劣等生たちに構ってあげているのですか？　お優しいこと」

「挨拶代わりの苛烈な選民思想！　しかも教員が最も抱いてはいけないタイプの！」

「うふふ、ジョークですわ。夏凪さんが可愛《かわい》い顔で鋭くツッコミをするのが、何だか羨ましくて。私もやってみただけです」

暦《こよみ》先生は自販機で経口補水液を買って、それを一口飲む。チョイスが謎すぎる。

「普通は買うなら、コーヒーとかジュースとかじゃないですか？」

「ええ。私もそう思います。ですが昨日痛めつけられた肝臓のために、我慢して飲んでいるだけですから」

「次の日が仕事なのに、二日酔いするほどお酒を飲まないでくださいよ……」

「大人になると、親や友達の顔よりも、ビールのラベルを見る回数が増えるのですよ。ところで、皆さんは何の話をしていたのですか?」

どうやら暦《こよみ》先生も興味津々だったので、あたしは改めて図書室での出来事を三人に語った。読子《よみこ》という図書委員のことと、彼女から出された謎のことを。

「……ふむふむ。読子、ですか」

話を聞き終えた暦先生が引っ掛かったのは、思いがけないところだった。

「そ、そこが気になりますか?」

「ああ、いえいえ。私と同じ名前だなと思いまして」

「へ? 暦と読子だったら、画数も何もかも一致しないですけど」

「ほら。私は『こよみ』で、文字を並べ替えたら『よみこ』になりますし?」

「アナグラムを使ってまで同名だと主張する必要あります!?」

それで同名なら、世の中は同名だらけだ。「かりん」ちゃんと「りんか」ちゃんとか。

あたしは「なぎさ」だから……「さなぎ」? そんな名前を付けられた女子が居てたまるか!

「しかし不思議だね。一冊や二冊ならともかく、六冊の本が一ページだけ破られているとか。僕からすると、ただの悪質な悪戯《いたずら》にしか思えないけど」

「あたしも冬子《ふゆこ》と全く同じことを思ったけど、読子は違うって言っていた。だからきっと、何かちゃんと答えがあるはず。はるる、あんたはどう？」

「ウチが真っ先に思いついたのは、破ったページに何か良い文章が書いてあったとか？　それこそ、ラノベなら挿絵のページとか！」

「僕としてはそのページに価値がある可能性、かな。昔の漫画や小説だと、復刻再販の時に表現が変更されていることもあるから。廃棄前にそこだけ破った……とか」

冬子の意見に「なるほど」と頷《うなず》いたのは暦先生だった。

「昔の漫画などは、修正される前のものにマニア間で希少価値が付いたりしますものね。小説でも有り得ない話ではないでしょうが……ページだけというのも謎ですし」

確かに、本は完品や美品だからこそ価値が生まれるはず。

切り取った一ページを古書店やフリマアプリで売ろうとしても、無価値に等しい。

暦先生の意見の後で、推理を述べる人は誰もいなかった。

僅かな沈黙を壊そうと、あたしはわざとらしく、大きい音を出してベンチから立ち上がる。

「考えても仕方なさそうだし、明日の昼休みに図書室に行かない？　今日はもう読子も帰ったみたいだから、閉まっているだろうし」

「百聞は一見にしかず、だね。実際に破れた本を観察したら、他に思いつくこともたくさんあるだろうし」

「オッケー！　ラノベならウチもちょっと詳しいし、役に立てるかも！　まあ拙者はラノべというよりアニメや漫画のオタク文化全般イケるクチですが。ふひひ」

急に絶滅危惧種みたいなオタクに変身したはるるはさておき、三人一緒なら何か分かるかもしれない。そうだ。どうせなら。

「暦《こよみ》先生も一緒に謎解き、しませんか？　黄色いパンツ事件と違って、ゲーム感覚で楽しいと思いますよ」

あたしが誘うも、しかし暦先生は首を横に振る。

「子供の遊びに大人が交じるのは、居心地が悪いですから。あなたたちが大丈夫でも、大人からするとやっぱり恥ずかしいですし。それに、図書室も苦手なので」

「そうですか……残念ですけど、それなら」

「あ、でも。謎の答えは知りたいので、ぜひ教えてくださいませ。面白い答えだったら、またごはんをご馳走《ちそう》しちゃいますわよ。ふふっ」

この謎にそれほどの価値があるとは思えない……けど、そこに謎があるなら解いてみたい気持ちが、あたしの中には確かにあった。

ワケの分からない謎に遭遇した時の高揚感。

前回に続き、これで二度目。

果たしてこれは、本当にあたしの感情なのか、あるいは——。

ううん。それはまだ、分からないままでいいや。


翌日。昼休みに図書室を訪れると、今日は利用している生徒が何人か居た。真面目《まじめ》に読書をしている人や、勉強をしている人。教室の喧騒《けんそう》から逃れて惰眠を貪っている人など、様々だ。

そんな彼らを尻目に、あたしたちは謎解きを始めようとする。だけど。

「今日は読子《よみこ》、居ないみたい」

図書室のカウンターには、中年の女性司書教諭が座っていた。

その隣で作業をしている図書委員らしい男子生徒は、なんだか退屈そうだ。

「そっか。渚《なぎさ》を誑《たぶら》かした女狐《めぎつね》の顔を拝もうと思っていたのに」

「冬子《ふゆこ》……あんた、一晩経《た》っても嫉妬しているの？　あんまりしつこい女の子はモテないわよ」

「いいさ。世界中の全ての女子を敵に回しても、渚だけが愛してくれれば！」

「はいはい。今更言うまでもないし分かっていると思うけど、あたしは冬子のこと大好きだから、いい加減嫉妬しないの。ね？」

背伸びして冬子《ふゆこ》の頭を撫《な》でてあげると、何故《なぜ》だか顔を赤らめている。

金魚のように口をパクパクさせて、何かを言いたげだ。何だろう？

「ナギってそういう恥ずかしいこと、サラッと言うよねえ。いつもは攻め担当のフユが、完全にフリーズしちゃったよ」

「え？　そう？　大切な友達相手に、好きって言うくらい何ともなくない？　もちろん、はるるのことも大好きよ」

「あぅん！　ナギ、大好き！　ウチをお嫁さんにして！　それでそのまま、ウェディングドレス姿でナギのことを抱えて空を飛ぶから！」

「どういうこと!?　そんな非現実的な結婚式があるの……？」

「あ、元ネタ知らない？　四年くらい前に、ネットで鬼バズりした動画でさ。ドレス姿の少女がタキシードを着た男の子を抱えて、窓から飛び出す動画。多分合成だけどねぇ」

「役割が逆じゃない？　女子に抱えられる男子とか、情けなさすぎるでしょ。あたしだったらそんな男子と結婚式を挙げたくないなあ」

バイクや車に乗る時に、女子に運転させて自分は堂々と後ろに座っていそう。

いや、偏見だけど。

「その動画、もうネットだと消されちゃったからさ。ナギに見せたかったなあ」

「あはは。か弱い男子の顔を見てみたかったかも。って、本題から逸《そ》れすぎ。ちょっと司書さんに話して、書庫の本を見せてもらうようにお願いしてくるね」

「おっけー。その間にウチは、この固まった王子様を直しておくねー」

カウンターに向かい、司書さんに例の廃棄本を借りられないか相談すると、拍子抜けするくらい普通に貸してくれた。校外持ち出しは禁止、という条件はあったけど。

「お待たせ。本を借りてきたよ」

戻ってくる頃にはすっかり元通りになった冬子とはるると一緒に、借りてきた文庫本をテーブルの上に広げて眺めてみた。

本をジャンルごとに分けつつ、冬子は興味深そうにそれらを分析する。

「本は六冊。全て小説で、ラブコメ系ライトノベルが三冊と、青春小説が一冊。それにホラー小説とミステリ小説一冊ずつ……か。ラノベは一つだけ、表紙が無いね」

「ラノベはジャンルだけ統一されているけど、作品はバラバラ。それ以外のジャンルの作品とも共通点が無いのかぁー。六つ並べて何か分かるわけじゃない、かも？」

はるるの言う通り、表面的には共通点が一切ない。

「そうなると、やっぱり破られたページに秘密があるのが濃厚ね。これらの作品はあたしたちを欺くフェイクでしかない。見せかけだけの謎よ！」

「すごい。渚《なぎさ》が何の捻《ひね》りも無いことを、推理っぽく喋《しゃべ》っている！」

「ナギのドヤ顔推理、めちゃくちゃ草生える。大草原の香りが匂い立つ」

「う、うっさい！　バカたちにバカにされると、すごく腹立つ！　そう言うあんたたちは何か考えがあるのよね！」

あたしの言葉に、冬子《ふゆこ》とはるるが順番に答える。

「僕は出版された年月日にヒントがあると思う。これらの作品を新しい順に並べて、破られたページの一文字目を繋《つな》いでみると、答えが出るとか」

「ウチは作者名で並べ替えかなぁ。あいうえお順にして、破られたページの文章を横読みすると、メッセージが浮かぶとか！　縦読みとかネットで一時期流行《はや》った文化だし！」

「お、思った以上にガチの推理だった……！　あ、あたしだって一応考えてはいるし？」

あたしの推理は、二人よりもシンプルだけど……こんな感じだ。

「ここにある作品そのものがヒントなのよ。ミステリ小説が交ざっているのが、謎を考えた人の唯一の良心ね」

「……と、言うと？」

冬子に先を促され、あたしは頭の中で言葉を整理する。

「六冊の物語の中には、それぞれ似たような事件が起きていて、読破することでそれが分かるようになっている。ページが破られたのは、そこに答えがあるから！　どう？」

我ながら名推理……って、思ったけど。

「そんな回りくどいことをするかな？　そもそも作品のジャンル的に、似たような事件が起きているとは思えないけど」

「それはウチも思った。それに、破られたページは大体が序盤から中盤までで、一冊は表紙だし？　そんな早い段階で答えがあるとか、流石《さすが》に有り得ないと思う。新本格すぎる」

全否定されてしまった。いや、これは普通に悲しい。凹《へこ》む。

三人の中ではあたしが頭脳役というか、《探偵代行》代表であって、二人がサポートしてくれる、みたいな感じだったから……。

「とにかく！　まずはこの破かれたページを見つけないと話にならないと思う！　だから三人で手分けして、破損の無い状態の本を集めよう？」

「あ、ナギが反論できずに話をすり替えた。効いちゃった感じだ？」

「ミステリ小説だと犯行を暴かれた犯人が最後にする悪あがきだよ、それ」

「うう〰〰っ！　絶対にあたしがこの謎を解いて、二人に分からせてやる！」

あたしたちは二日かけて、本屋や近隣の図書館を巡り、ページが欠損していない状態の本をそれぞれ入手することが出来た。

放課後の図書室の片隅で、あたしたちは各々が先日語った『答え合わせ』を始める。

「まずは僕がやってみるね。お二人の出番は無いかも？　なんてね」

勝利を確信している冬子《ふゆこ》は、早速本を並べ替える。

まずは新しい順に並べて、破れたページの文章、その一文字目を繋《つな》げていく。

「うーん……違う、かな。意味のない羅列だ」

唸《うな》った後で、冬子は並べ方を古い順にもしてみるが、その成果はなく。

がっかりしたようにため息を吐《つ》いて、はるるに出番を明け渡す。

「じゃあ次はウチだね！　作者名をあいうえお順にして、破られたページを並べて、文章を横読みすると……わぁ！　すごい！　何の文章にもならないや！　あはは！」

右から読んでも、左から読んでも途中で崩壊してしまう。正直、はるるの推理が一番正解に近いと思っていたけど、ダメみたい。

「じゃあ、最後はあたしね！」

「あ、それはやらなくていいよ、渚《なぎさ》」

「ナギのそれはやらなくても分かる」

「なんでよ⁉　ま、まあ……お察しの通り、だけど」

あたしが完読するまでもなく、適当に目を通しただけで違うのが分かった。

これで正解だったら、すごく知的で格好良《かっこ》かったのにぃ！

「せっかくだし、色々試してみようか。ここから先は競争じゃなくて、三人の知恵を合わせた協力プレイだ」

冬子の提案を受け、あたしたちは色々な意見をぶつけあい、生まれた推理を試し、だけど一時間、二時間と解答に時間を費やしても……謎は解けなかった。

作品の頭文字を使ったアナグラム。出版社ごとに並べ替え。

破られたページの番号を使った語呂合わせ。横読みならぬ、縦読み。斜め読み。

物語やキャラクター、果てはあとがきからヒントを探っても。

望む答えはどこにもなく――。

気付けば窓の外は暗くなり、図書室の利用者はあたしたち三人だけになっていた。

「渚、まだ続けるのかい？」

「そろそろ帰ろうよー。完全下校時刻、もうすぐだよー？」

途中ですっかり飽きてしまった二人は、帰りたそうな声を上げているけれど。

まだだ。あたしはまだ、帰りたくない。

ただの意地かもしれないけど、この『謎』に負けたくない。

「よし。僕らは先に帰ろうか、はるる」

「そうだね。ナギはああ見えて頑固だし、やりたいところまでやらせてあげないとね！

じゃあまた明日ね！」

二人は無理に残ることはなく、あたしの好きなようにさせてくれた。

「ありがとう、二人とも。また明日ね」

あたしの言葉に、二人は笑顔で小さく手を振りながら図書室を出ていく。

こういうところが大好きだ。変に気を遣わないで、好きなことを好きなように出来る、三人の関係とこの時間が……すごく、愛《いと》おしい。

「さて、と。もう少しだけ頑張ろうかな！」

「可愛《かわい》い女子、みぃつけた。うふふ」

「ひゃあああ!?」

突然真後ろから声をかけられ、あたしは椅子から転げ落ちる。

見上げた先にあった顔は、この空間に良く似合う文学少女だった。

「び、びっくりさせないでよ、読子《よみこ》！　何であんたは不意打ちをするの！」

「失礼ね。私、今日はずっと図書室にいたけど。気付かなかったの？」

「そうなの？　今日は友達と一緒だったからね」

「いいわね、友達。私は友達がいないの。一人だけ居たけど、長年会っていないから実質ゼロ人ね。ところで、その謎解き……まだやっていたのね」

読子は机上に広げた本を指差し、小さく笑う。

「別にこんな謎、解けないままでも誰かが迷惑するわけじゃない。ゲーム感覚とはいえ、必死になる理由があなたにはあるの？」

「そう、ね。確かにあんたの言う通りかも」

この謎によって誰かが傷付くことはない。

傷付いた誰かが、見捨てられた悲しみに暮れることもない。

加害も、被害も、この謎には存在しないけど。

それでも、あたしには目の前の謎から逃げる気は無かった。

「答えが分からないからって、格好《かっこ》つけて『謎は謎のまま』にしたくないの。迷宮入りって便利な言葉で終わらせない。どんなものにだって、答えは存在するはずだから！」

あたしの中にある何かが、この謎を逃がしたくないと叫ぶ。

その気持ちだけが、今のあたしを突き動かしている原動力だ。

「……でも、やっぱりヒントが無いとムリかも？　な、何かないかなあ？　ねー？」

「チラチラと私の顔を窺《うかが》わないでくれる？　全く、情けない《探偵代行》さんね。確かにこれはノーヒントで解く想定はされていないようだし、ヒントをあげる」

読子は並べられた本の一冊、ライトノベルを手に取った。

それはあたしが最初に探していた、歯抜けだった三巻。

「この装丁に対する、作者の気持ちを答えなさい」

「また出た！　国語のテストで出てきたら一番無理なパッション系問題！」

「違うわ。無茶《むちゃ》かもしれないけど、無理ではないの。本を作るのは物語だけじゃない。たくさんの人が関わって、刷られて世に送られ、そうして本は本として成立する」

文学少女らしい言葉遊びかと思ったけど、どうやら違うみたい。

真剣な眼差《まなざ》しを見れば、それくらいは分かる。

「本を愛して、本に死ぬ。それこそが本望。そんな私からの謎を、解き明かしてみてね。それじゃあ私は帰るわ。ばいばい、夏凪《なつなぎ》」

読子《よみこ》はそう言って、カウンター裏の書庫に入っていった。荷物を持って帰るのかもしれないけど、図書室から出ていった方が締まったのになあ……。

「本は本として成立する……か。振り出しに戻って、考えてみようかな」

あたしも並べた本を重ねて抱え、図書室を後にする。

まだまだ。あたしはこの謎と向き合えるし、向き合いたい。

直木《なおき》読子という、謎を解き明かすことを期待する誰かが存在するのだから。


それから一週間。あたしはこの謎解きを続けた。

授業を放置して、僅かな休み時間も、お昼のランチ中も全部この謎のために時間を割いたけど。

気付けば何の成果もないまま、今週最後の放課後を教室で迎える。

「ダメだぁ……あたし、もう謎解きやめる……タピオカ飲みたい……ピザ食べたい」

「机の上に突っ伏しながらヘラっているナギ、メッチャ草だが。記念に撮っちゃえ」

「渚《なぎさ》って図太いところもあるわりに、時々普通に女子高生っぽくて可愛《かわい》いよね。SNSで深夜に病んだ投稿しまくって、朝になって慌てて消していそうな感じ」

「しないって、そんなこと！　それより、何の動画を観《み》ているの？」

　前の席にはるると並んで座っている冬子《ふゆこ》が、スマホで何かを観ている。

「渚が読んでいたラノベの作家さんが、アニメ化の時にインタビューを受けている古い動画だよ。検索したら出てきたから観始めたけど、面白いね」

　あたしは画面を覗《のぞ》く気にもならず、ラジオ感覚でその動画のやりとりを聞いていた。作品が生まれた経緯とか、キャラのこととか、色々喋《しゃべ》っているなあ。

　いくつもの言葉が、するりと耳に入り込み。

　脳が痺《しび》れるような感覚。それは、突然やってきた。

　謎を解くための、取っ掛かり。フック。掴《つか》むべきヒントが――、見えた。

「冬子！　その動画、ちょっと前に戻して！」

　あたしに言われるがまま、冬子は怪訝《けげん》な顔で動画を巻き戻す。

　ここだ。作者さんが、ラノベについて持論を語っているシーン。

『ラノベにとって表紙は、最初のページだと思っています。物語が一ページ目から始まるのであれば、このイラストがゼロページ目です』
そうか。これが作者さんの、装丁への気持ち。
何もかも違う六冊の本を繋《つな》げるための、一本の糸が見えた。

「この六冊を繋ぐのは、破られたページに紡がれた物語じゃないの」

あたしはロッカーから例のページ欠損のある六冊を取り出し、順番に並べていく。

「まず一冊目になるのが、これ。表紙の破られたラノベ。さっき冬子《ふゆこ》が観《み》ていた動画に出ていた作者さんの作品ね」

「どうしてそれが一冊目になるのさ?」

「表紙がゼロページ目だって、作者さんが言っていたでしょう? 全ての数字の中で、これが最も小さいからね」

そして残りの五冊にある『数字』は。

「破られたページにある。二冊目はこのホラー小説。破られているページは表が短編のタイトルページで番号がなくて、裏が九十。この場合使うのは、裏のページ番号ね」

「……あー! そっか! その二つを並べたらさ、出てくるよね! あの番号が!」

「気付いたみたいね、はるる。ゼロ、キュウ、ゼロから始まるのは、携帯電話の番号」

六冊の本と、十一桁の番号。後は残りの四冊、八つの番号をどう並べるかというと。

「一冊目と二冊目には並べると、ルールが見つかるの。発売とか、作者の名前順じゃない。本の最後のページを見れば、もう一つの数字がある。刷数っていう、数字が！」

刷数とは、その本が何回刷られたかということを示す数だ。

重版をされる度に、この刷数は増えていく。

表紙が破られたラノベは、初版。挿絵の九十ページが破られたホラー小説は、三刷。

「次に刷数の数字が小さいのは、残ったラノベの二冊。四刷と五刷。ミステリ小説は八刷で、最後に来るのが、映画化もされた名作青春小説。これは驚きの十刷」

恐らく、刷数が初版から六刷で順番に繋げていないのは、それで答えが分かってしまうから。表紙がゼロページ目なのは結構ずるいけど。

この謎を作ったのが誰かは分からないけど、かなりの捻《ひね》くれ者だ。

作家と編集者。イラストレーター。装丁。そして印刷所。

たくさんの人が関わって、刷られて世に送られ、そうして本は本として成立する――。

「刷数順に並べ替えて、それぞれ破られたページの、小さい方の数字を全て繋げて……出来た。これがこの謎の、答え」

あたしはルーズリーフに書き込んだ数字を眺め、沈黙する。

これ、本当にかけていい番号なのかな……？

「電話かけてみたよ！　ナギ！」

「あんたは行動力の擬人化か何かなの!? 少しは躊躇《ちゅうちょ》してよ!」

「知らないおじさんに繋《つな》がったら、ウチが相手してあげるから平気っしょ」

「まるでおじさんに電話するのは慣れているみたいな言い方で、少し嫌だなぁ」

間もなく、電話が繋がる。スピーカーモードにして、念のため録音も始める。

そして、そこから流れてきたのは。

「……ノイズ、だね。それに、外国の言葉?」

冬子《ふゆこ》の言う通り、大きめのホワイトノイズに乗った、謎の言語だった。

時間にして十秒もなく、電話は一方的に切られてしまう。

かけ直しても、電話は二度と繋がらなかった。

「え、なにこれ。こわい」

呟《つぶや》くあたしに、二人も激しく首肯する。

春夏冬《あきなし》トリオは、実は誰一人としてホラー耐性がない。

「きょ、今日は帰りに三人で神社に行かない? こういう時はお寺だったかな?」

「び、びびっているの? フユ? ウチは別に平気だけど、コンビニで買い物して帰ろうかなー? 塩を切らしていたから! あと替えの下着もついでに」

「漏らしたの!? あ、あたしも一緒に帰る! あ……その前に図書室行ってくるね。この謎を教えてくれた陰湿な後輩女子に、報告してこないと」

日が落ちかけて、オレンジ色を纏《まと》い始めた校舎の中を小走りで駆けて、あたしは図書室へと向かった。

真っ暗な校舎も中々キツいけど、黄昏時《たそがれどき》も同じくらい不気味だと思う。

「読子《よみこ》、いるかな？」

図書室の扉を開けると、カウンターに文学少女が座っていた。

「こんにちは、夏凪《なつなぎ》。今日は一人じゃなくて、二人なのね」

「へ？　今日も一人で来たけど？」

「そうなの？　じゃあ夏凪の背後に立っている、血まみれの制服を着た女は誰？」

「ひぃいいい！　あ、あんたねえ！　そういうことばっかり言っているから、友達が減っていくんだって自覚ある⁉」

あたしが詰めると、読子は楽しそうに笑う。本当に意地が悪い。

「学校の怪談になりそうな幽霊が、一人くらい居ても面白いけどね。ところで何か用があるのかしら」

「もちろん。あんたの提示した謎、しっかり解いてきたから。これが答え、よね」

あたしが電話番号の書かれたルーズリーフを渡すと、読子は深く頷《うなず》く。

「あら、すごいわね。本当に正解を見つけ出してしまうなんて。昔の図書委員も喜ぶと思うわ」

「……昔の図書委員？」

「ええ。この謎はね、八年前の文化祭で図書委員が作ったものなの。独善的な生徒会長のせいで廃棄にされた本を再利用した、手作りのミステリよ」

読子《よみこ》はカウンターの下に置いていた、一冊の本を開いた。

そこには一枚のプリントが挟まっていて、あたしに向けてそれを差し出してくる。

「えぇっと、【失われたページの謎！　図書室でイベント開催！】って、なにこれ？」

「文化祭で配ったものよ。当時の図書委員が作った、お手製のもの」

「え……？　あ、あたしが頑張って解いた謎って、もしかして」

「察しがいいわね。流石《さすが》、探偵代行さん。悪意も無ければ、秘密も無い。特定の物好きさんを楽しませるためだけに作られた、ちっぽけな謎なの」

この謎の先には何かがあると信じて、寝食の時間も、授業も、放課後も、たくさん費やしたっていうのに……。

「まさか、ただの文化祭の出し物だったなんて……うう。時間の無駄だったぁ」

「しかもそのプリントを見れば分かると思うけど、ヒントがたくさん載っているのね。六冊の本を刷数順に並べることや、表紙をゼロページ目とするルールも記されている」

「このペラペラな紙一枚あれば、あたしの日々は無駄にならなかったのに！　そもそも、このプリントを隠してあたしに謎を解けって、卑怯《ひきょう》すぎない!?」

「そうね。だけどあなたは私が出した卑怯な謎に、このヒントを使わずに解いてみせた。不揃《ふぞろ》いのピースが全て噛《か》み合った瞬間、途方もない快感が得られたでしょう?」

読子の言葉に反論しようと思ったけど、出来なかった。

子供の頃から、クイズやパズルが別に好きだったわけじゃないのに。

この心臓を宿してから、やっぱりあたしは変わった。

目の前の謎を解いてやろうという、意地。そして解き明かした瞬間に感じた、例えようのない恍惚《こうこつ》感と快感に、あたしは見事に溺れてしまったのだから。

「ふふっ。図星みたいね、夏凪《なつなぎ》。きっとあなたは、無理難題のような謎とぶつかっても、折れない心で立ち向かい、誰に非難されてでも正解を出す人。すごく素敵よ」

「……はいはい。それはどうも」

「分かりやすい拗《す》ね方ね。そんな可愛《かわい》い仕草に騙《だま》されるのは、女性経験の一切無い無気力系男子くらいしか居ないわよ。さて、楽しい時間を過ごさせてもらったし、行くわ」

読子は立ち上がって、今日は書庫ではなく図書室の出口へと向かう。

窓から差し込む夕陽《ゆうひ》に照らされ、輝く仮面を被《かぶ》ったような横顔が、すごく綺麗《きれい》で。

黄昏《たそがれ》から薄闇に進んでいく少女に、あたしは思わず叫んでいた。

「あたしも、すごく楽しかった！　読子のおかげで、謎を解き明かす面白さがもっと分かったかも！　それにあんた、友達がゼロ人だって言っていたけど、違うから！」

あたしは自分の顔を指差して、読子《よみこ》に教えてやる。

「あたしたち、もう友達でしょう？　今度は図書室だけじゃなくて、別の場所に遊びに行こうよ！　あたしの友達も、紹介するから！」

読子は一瞬だけ驚いたように、綺麗《きれい》な目を丸くして……それから小さく笑ってくれた。

「ありがとう、夏凪《なつなぎ》。あなたがくれた優しい言葉、ずっと大事にするわ」

今度こそ読子は図書室を出て行き、あたしは一人取り残される。

彼女が置いていったプリントをスカートのポケットに捻《ね》じ込み、あたしも同じように廊下に出たけれど。

読子の姿はもうどこにもなくて。廊下を照らしてきらきらと光るオレンジ色は、冷たいブルーに変わりかけていた。


週明けの放課後。

あたしたち三人は今回の謎の答えを、暦《こよみ》先生に報告しにいった。

「暦先生、いますかー？」

保健室に入ると、いつものように暦先生は椅子に座ってあたしたちを迎え入れてくれる。

「こんにちは、みなさん。今日は何か用事ですか？」

「はい。例の図書室での謎が解けたので、聞いてもらおうと思って。まずはこのプリントなんですけど……先生？」

あたしが取り出したプリントを見せると、暦先生はいつになく神妙な面持ちになる。

黙ってそれを受け取って、しばらく目を通した後でようやく口を開いてくれた。

「この謎を、あなたたちが解いてくださったのですね」

「は、はい。そうですけど……どうかしましたか？」

頷《うなず》くあたしに、またも暦先生は口を閉ざしてしまうけど。

ほんの少しだけ逡巡《しゅんじゅん》した後で、ようやくその理由を語ってくれた。

「私、八年ほど前にこの学校に通っていましたの」

「え？　先生、うちの卒業生だったんですか？」

あたしは冬子《ふゆこ》、はるると顔を見合わせるけど二人とも首を横に振る。

誰も知らなかった事実に驚いている間も、暦先生は続けた。

「遅刻や欠席ばかりで、かなりギリギリの卒業でしたけどね。学校が嫌いだったわけではないのですが、ちょっとした事情で休みがちで」

「へえ……暦先生、真面目《まじめ》そうなのに」

「うふふ。私は結構不真面目だったのですよ。だけどそんな私にも、親しい友達が一人だけ居ましたわ。授業をフケる時に使っていた図書室で出来た、本好きの友達が」

一瞬だけ、あたしの頭にあの文学少女のことが過《よぎ》る。

いや、それは関係ないはずだ。だって、八年も前のことなのだから。

「その子は熱心な図書委員で、文化祭で催しを企画するほどでした。誰も図書委員の出し物なんて、興味がないでしょうに。ひねくれているのに、変に真面目《まじめ》な子だったから」

暦《こよみ》先生の視線が、手元のプリントに落ちる。

文章を眺めているのではなく、その先にある何かを見ているような目で。

「だけど彼女は文化祭の前日に、書庫で本を整理している時に亡くなりましたわ。脚立を使って本を整理している時に体勢を崩し、不運にも床に頭を打って……」

「先生。もしかして、その生徒の名前って……」

知ってはいけない気がする。だけど、知らないままではいられない。

だって、あたしは関わったから。あの謎を作った少女と、向き合ったから。

「夏凪《なつなぎ》さんが図書室で出会った少女と、同姓同名ですわ。彼女の名は——」

直木読子《なおきよみこ》。

そんなことがあるわけない。そんなのは非現実的だ、と。

その場にいる誰もがそう考えたはずだ。

だけど『彼女』の正体、その輪郭が浮き彫りになっていくにつれて冬子《ふゆこ》とはるるの顔が青ざめていくのが分かった。

「つまりそれは、直木読子は……幽霊って、ことだよね？」

「そ、そんなわけないっしょー！　だって、ナギとは会話をしているわけだしさぁ」

「だけど、僕らとは会話どころか対面もしていない。いつだって彼女は、渚《なぎさ》が一人で居る時にしか現れなかった。不自然なくらい、いつ行っても会えなかったのは……つまり」

「ぎゃー！　それっぽい口調で語らないでよ、フユぅ！　泣く！　また漏らす！」

そんなの、あたし自身が信じられない。

あの子にはしっかり足もあったし、三角布だって額に巻かれていなかった。身体《からだ》も透けていないし、笑う仕草も、低めの声も、綺麗《きれい》な目も。

あるいはその命だって欠けているようには、感じなかった。

あの時、あの瞬間。静謐《せいひつ》な図書室で確かに、直木読子は存在していた。

だからあたしは、謎解きで手に入れた、電話番号にもう一度電話をかける。

直木読子の存在証明を、求めて。

「……やっぱり繋《つな》がらない、よね」

だけど何度試しても、あの時の一回以外電話が繋がることはなくて。

この謎の不完全な終わり方に、納得出来ないのに。

謎を作った彼女がもう居ない以上、この先を望むことは難しい。

「せめてあのノイズの謎が解ければ良かったのに」

「ノイズ、ですか？」

「はい。三人で謎を解いて電話をかけた後、一度だけ電話が繋《つな》がって。その時に流れてきたのが、外国語みたいなノイズでした」

スマホを取り出し、録音しておいたそのノイズを暦《こよみ》先生に聞いてもらった。

すると、最初は真剣な面持ちだった暦先生だけど。

「……そう、ですか。なるほど、彼女らしいですわね。ふふっ、あはは！」

普段見ることがないくらい、大きく口を開けて笑い出したのだった。

「こ、暦先生？　大丈夫ですか？」

「あーあ、コヨちゃん壊れちゃった。叩《たた》けば直るかな？」

「ダメだよ、はるる。僕と違って先生は繊細だから。というか、どうして君は困ったことがあるとパワーに頼ろうとするのさ……？」

「ウチが解決するよ！　拳で！」

あたしたちが困惑していると、ようやく笑いを抑えて暦先生が理由を教えてくれた。

「すみません、みなさん。私の友達は相当なひねくれ者でして、最初から他人にこの謎を解かせるつもりはなかったようですわ」

「と、言いますと？」

「このノイズ、内輪ネタですの。私と読子《よみこ》の間で流行《はや》っていた、変な遊びです。こんなの、

誰にも分かるわけがないのに……全く、本当にひねくれているんですから」

結局何も分からないあたしたちを尻目に、暦《こよみ》先生は「このデータ、お借りしますね」と断りを入れてから、ノイズを自分のスマホに転送する。

「このアプリを使って、こうすれば……ノイズの謎が解けるはずですわ」

暦先生のスマホから流れてきたのは、ノイズではなく。

『最後の謎が解けるのは、やっぱりあなたくらいよね。答えを見つけてくれてありがとう、暦。ご褒美にジュースを奢《おご》ってあげる』

ちゃんとした言葉だった。しかもそれは、特定の一人だけに向けたもの。

「私たちの間で、喋《しゃべ》ったことを逆再生して、音声を送りつける遊びが流行《はや》っていました。あの頃はこうやって、学校でくだらないことをして笑い合ったものですわ」

そう語る暦先生の声には、悲しみや寂しさはない。

大好きだった友達との思い出を懐かしむ、楽しそうな声音だ。

「じゃあ、最初から彼女は暦先生に向けてこの謎を作ったっていうことですか？」

「それは正解とも言えるし、不正解とも言えますわね。真面目《まじめ》な彼女は出し物として成立させつつ、こんなものを真剣に解いてくれる人がいないと思っていたのでしょう」

ただし、私を除いては。

どこかで聞いた決め台詞《ぜりふ》の後で、付け加えるように言ってから暦先生は笑う。

「私はこの謎を作っている彼女の姿を、よく目にしていましたから。本を心から愛し、図書室で大切な本たちに囲まれていたあの子の顔が……大好きでした」

「きっと……読子《よみこ》も、暦先生のことがすごく大好きだったと思いますよ」

一人だけ友達がいた。そう語った、あの文学少女とのやりとりを思い出す。

常に無表情な彼女だったけど、友達のことを語る時だけは可愛《かわい》い笑顔だった。

「ええ。不良少女と文学少女。どちらも友達がいないタイプでしたからね。さて、と」

椅子から立ち上がった暦先生は大きく伸びをして、あたしたちに笑いかける。

「湿っぽい空気になってしまいましたわね。謎解きはこれにて終わり！　約束通り、あなたたちにおいしいお肉をご馳走《ちそう》しますわよー！」

ラーメンの次は焼肉。それはそれで、すごく魅力的だったけど。

「いや、ごはんはまた今度でいいですよ。だよね？　冬子《ふゆこ》、はるる？」

あたしが何を考えているか、二人には言わずとも伝わったようだ。

「女子のお腹《なか》を満たすのは、おいしいごはんとスイーツというのは定番ですけど、僕たちとしてはご褒美のジュース片手に、もっと他のもので満たされたいというか？」

「そうそう！　ウチら、もっとコヨちゃんのJK時代の話を聞きたい！　具体的にはその頃、コヨちゃんがどんな恋愛をしていたか、とかね！　えへへ！」

そんなあたしたちの提案に、暦先生は困ったように笑う。

「あらら、昔話は恥ずかしいですわね。何なら、高い焼肉を奢《おご》った方が気楽なくらいですが……でも、しょうがないですね。今日だけは、特別ですわよ？」

それからあたしたちは、四人で日が暮れるまで語り明かした。
学校のこと。勉強のこと。恋愛のこと。
そして、大切な友達のことと、昔話。
あたしが出会った直木読子《なおきよみこ》は、一体何だったのだろう？

例えば。あの日からずっと図書室にあった、思いの残滓《ざんし》。
例えば。久しぶりに友達に会うために、遠いところから遊びに来た同級生。
例えば。その名を騙《かた》る全くの別人。よく似たそっくりさん。暦《こよみ》先生のドッキリ。

正体は今となってはどうでもいいことだし、ほんの些細《ささい》なことだよね。
だって、確かに『彼女』はそこにいたのだから。
だから彼女の正体という大きな『謎』は、解き明かす必要はない。

暦先生とあたしたちにとって……読子は大切な、青春の一ページになったのだから。

第三話　タイムカプセル・パラドックス

「第八回！　この妄想がすごい！　乙女心キュンキュン選手権ー！」

「いぇーい！　パチパチパチ！」

「ああ、もう。どうしてこうなったのかなぁ……」

ある日の放課後。あたしたちは保健室でとんでもないトークを繰り広げようとしていた。

別に三人で普段からこういう猥談《わいだん》をしているわけじゃない。

この少し前に、暦《こよみ》先生がある頼みごとをしてきたのが全部悪い！


「明日、この学校で卒業生たちの同窓会が開催されるのです」

全ての授業を終えたあたしたちが、特に理由もなく保健室に集まってダべっていると、暦先生が思い出したかのように話を始めた。

「ああ。確か、午前で授業が終わって、午後はＯＢ、ＯＧの方々と交流会があるらしいですね。交流会は参加自由みたいですし、実質僕らは昼に帰れるという」

すっかり忘れていたあたしの代わりに、冬子《ふゆこ》が反応する。

普段授業をサボっているくせに、そういうのはしっかり覚えているの、謎すぎる。

「そうです。まあ、最悪参加者がゼロでも、生徒会執行部の方々は強制参加ですので、悲しい結果にはならないでしょうけども」

「それで、何でそんな話をあたしたちに？」

「明日の同窓会には、二十年前の卒業生が集まるのですわ。今でこそ行われてはいませんが、あの頃の卒業生たちは、在学中にあることをしていまして」

暦先生は保健室の窓から見える、校庭の隅にある大きな桜の木を指差す。

「あの辺に高校時代の思い出を埋めるという、伝統的な行事なのですが」

「あー！　タイムカプセルだ！　ウチ、漫画とかアニメで憧れていてさー！　この学校でもやっていたなんて、知らなかった！　エモすぎるぅー！」

はしゃぐはるるに対して、暦先生は苦笑いをしながら肩を竦《すく》める。

「高校生がやる分には楽しいでしょうけど、大人になって掘り返すのは面倒なものですよ。力作業ですし、取り出した物を仕分けするのも大変ですわ。そこで、なのですが」

白衣のポケットに手を入れて、暦先生はプリントを取り出した。

そこには、『同窓会ボランティア募集』と大きく書かれている。まさか……。

「生徒会だけでは人手不足らしくて、何人か集めてくるように言われましたの。あなたたち、どう見ても暇でしょう？　一人でいいので、参加してくれます？」

「……そのボランティアって、報酬はありますか？」

「もちろんです、夏凪《なつなぎ》さん。なんと、五百円分の図書カードが一枚貰《もら》えます！」

女子高生の貴重な放課後を、五百円で売る。うん、絶対嫌。

でも参加は一人。三人ではなく、誰かが犠牲になれば……明日の放課後が守られる！

そして、あたしたちが考えていたことは、完全に一致していたみたいで。

「あ、あたしは明日ダメだから。喫茶店のバイトがあるの。ほら、駅前の」

「嘘《うそ》が下手だなあ、渚《なぎさ》は。ちょっとセクハラしたら怒るくせに、ミニスカ猫耳メイドを売りにしている、あのメイドカフェで働けるわけがないだろうに」

「ちっがう！　あんなコスプレメイドみたいな際どい服、絶対に着ないから！　で、でもちょっとだけデザイン可愛《かわい》いよね……可愛くない？」

「確かに渚は似合うかもね。あ。そういえばウチの演劇部が、次の舞台であのメイド服と似たデザインの衣装を着るらしいよ。借りてみれば？」

何故《なぜ》か分からないけど……それを着ている自分の姿が鮮明に想像出来てしまった。

いやいや、絶対に着ないから！　着ないよね!?　着させられないよね!?

「ちなみに僕は明日、可愛い女の子と二人きりでデートだから。ごめんね」

「あたしたち以外にそんな女がいるの？　じゃあ返してよ。あたしが冬子《ふゆこ》に費やした時間を全部！　今すぐ返してよ！」

「急に病み感マシマシになる渚、怖すぎるって！　まあ、嘘ではないよ？　だって明日、渚かはるるのどっちかが、ボランティアをしにいくのだから。僕は残った方とデートさ」

「自分は確実に不参加だと思っている辺り、すごく厚かましい……はるるは？」

「ウチはフユと二人きりでデートとか、絶対嫌かなあ？」

「あ、今の『はるるは？』はあくまで『明日の予定ある？』ってことであって、『冬子とデートすることの可否』を聞いたわけじゃないの。ほら、冬子が傷付いているから」

「冬子は少しくらいイジメた方が可愛いよ？　ウチは今、校内で『フユ虐』ってジャンルを流行《はや》らせようと思って頑張っているところ！　もう三人も賛同してくれた！」

「校内全員がそれを始めたら、普通にイジメでは!?」

知らぬ間に凶悪な計画に巻き込まれている冬子は、涙目で口を一文字に結んでいる。

うわ、確かにちょっと可愛い。あたしも始めようかな、『フユ虐』。

「はぁ……つまり三人とも暇なわけですね。では、こうしましょう」

暦《こよみ》先生はあたしにプリントとペンを手渡し、ある提案をする。

「何かゲームでもして、負けた一人が明日のボランティアに参加。これなら公平だと思いませんか？」

その迂闊《うかつ》な提案が、この悪魔じみたゲームを引き起こしてしまったのだった。

「しかも第八回って。こんなしょうもない遊び、八回どころか一回もしたことないって」

「あ、そうか……渚が居ない時にやっているから、つい。ごめんね」

「フユ！　ナギが傷付くから内緒にするって約束だったでしょ！」

「いやいやいや、別に傷付かないから。むしろあたしが居ない時だけ、あんたたち二人で好きなだけやっていていいから、マジで」

こんなに、「除け者《の　もの》にされてもいいや」って思えることある？

恋バナとかだったら普通に凹《へこ》むけど、妄想暴露大会だし。

「これは要するに、いつも寝る前に男子としたいって考えていることを、赤裸々に語る場だよ。一番キュンキュンした妄想を披露した人が優勝」

「ちなみに、エッチなのは失格です。R15くらいまでなら大丈夫！」

「最低な大会なのに、しっかりレギュレーションが仕上がっている……」

こうなったらもう、何を言っても聞きそうにないかな。

三人グループっていうのは、簡単に二対一の構図が生まれるから仕方ない。

「でもまあ、ドMの渚《なぎさ》は大体同じような妄想だろうから面白味がないかもね」

「むっ。言うじゃない、冬子《ふゆこ》。それにあたしは、そんなにガチガチのMじゃないからね！二人とも誤解しているけど、あたしは平均的な思春期女子なの！」

「ふむふむ。では、そんな平均女子のナギの妄想は？」

考えろ……失格にならない程度の、素敵なキュンキュン妄想を。

学校帰りに彼と手を繋《つな》ぐとか、空き教室で壁ドンされてキスとか、そういうのはちょっと安直すぎるし、定番にも程がある。

　よし、じゃあこれでいこう。

「そうは言っても、やっぱりライトな感じだよ？　彼の部屋に試験勉強という名目で遊びに行った時、休憩の合間に日が暮れかけた薄暗い中でちょっとじゃれあって、でもそのおふざけが少しずつエスカレートしていって、勢いでベッドに押し倒されたと思ったら、何故《なぜ》か用意されている紐《ひも》で両手を縛られるの。あたしは必死に抵抗をするけど、後ろから胸と脇の間をくすぐられるように触られて、時々お尻の付け根にも手が伸びる。そんなギリギリの一線を越えないやりとり。結局彼はヘタレだから、そこまでしておいてあたしの制服を脱がすこともなければ、キスをしてくるわけでもない。せいぜい、太ももをこっそり触るくらい。当然だよね……だってあたしたち、まだ付き合っていないわけだから。だけど帰り道、また彼の部屋に行くことを期待している自分がいるのも確かなの。まだ全身に残る彼の匂いと温《ぬく》もり。そんな余韻を噛《か》みしめながら、次は耳元で強めの罵倒とかされてみたいって、そういうことも考えながら家に着くの。ちゃんと高校生のうちに告白される前に、あたし別の意味で卒業しちゃうかも……そんな妄想を寝る前にベッドの中でして、眠れない夜を経て、また彼と朝の通学路で会う。そんな生活の一部みたいな……ね？」

「ね？　じゃないが？」

「ね？　じゃないよ？」

「あと男の子がため息を吐《つ》きながら、『やれやれ』ってダルそうに言ってくれたら、イイ」

「追加のトッピングまであるの!? 恍惚《こうこつ》の笑みでイイ……って言わないでくれる？」

「欲望マシマシ、頭柔らかめ、妄想大盛りすぎてウチ、なんか胃もたれしてきたよぉ……」

二人は話を聞くだけ聞いて、何だか困ったような表情を浮かべている。

「そ、そんなに重くない話でしょ？ 少女漫画では結構あるシチュエーションだし！」

「違う。僕の知っている少女漫画と全然違う！」

「何ならウチ、それちょっとエッチな広告で見たことある」

誰からも同意を得られなかった。なんで？

もう少しハードな方が、二人は気に入ったのかもしれない？ 難しいなあ、これ。

「……うん。渚《なぎさ》はボランティア免除でいいよ」

「……だね。ウチとフユの二人で、ジャンケンして負けた方が出るね？ 何だか聞くだけでお腹《なか》いっぱいになっちゃった。あ、あはは」

そう言って二人は弱々しい声でジャンケンをして、その結果、冬子《ふゆこ》が負けた。

二人の妄想も聞きたかったのに。何だかずるくない？

ちなみに、暦《こよみ》先生は優しい笑みを浮かべていたはずなのに、気付けばとても神妙な表情で「今時の女子高生は、ここまで……」と呟《つぶや》いていた。変なの。

翌日は約束通り、冬子がボランティアに参加して、あたしとはるるは一緒に食堂でお昼ごはんを食べて、仲良く下校した。

幸せの黄色いパンツ事件と、読子《よみこ》から出された文庫本の謎。

二つの出来事の後、しばらくは平和な日々が続くと思っていた。けれど――。

「おはよう、渚。君のためにやってきたよ、僕が！」

その翌日。朝の通学路で、あたしの友達が爽やかな笑顔で待っていてくれた。

「おはよう、冬子。朝から元気ね、相変わらず」

「もちろん！　だって渚に会えたからね。昨日は渚と一緒に帰れなくて残念だったからさ。一緒に手を繋《つな》いで歩いても……いいかな？　僕と二人で百合《ゆり》営業、しよう？」

「ボランティアのストレスであたしの友達、バグっちゃった。ていうか、誰に需要があるの。それ」

「需要が無かったら大好きな渚と手を繋ぐのも、ダメだったりするのかな？」

男子より格好《かっこ》いい顔と、真っすぐな目でそう言われると……さ、流石《さすが》に照れる。

冬子が本気を出したら、どんな女子も惚《ほ》れちゃうかもしれない。本当にずるい。

「だ、ダメじゃないけど……ちょ、ちょっとだけ、だよ？」

あたしが冬子《ふゆこ》と手を重ねて、指を絡めようとした時。

「大好きな友達二人が百合《ゆり》っていると聞いてやってきました！　会場はここですか!?」

「あ、需要が勝手にやってきた」

三人集まっていつもの空気に戻ったおかげで、あたしと冬子が手を繋《つな》ぐことはなかった。

「ううっ……あとちょっとで、渚《なぎさ》のことを恋に落とせたのに」

「恋は無理やり落とされるものじゃなくて、自分で勝手に落ちるものでしょ？　それより、昨日のボランティア活動はどうだった？」

「ああ、そうだ！　そのことで二人に面白い『謎』を話そうと思っていたのさ」

謎という言葉を聞いて、あたしはつい身構えてしまうけど。

「前回の文庫本みたいな、奇妙な謎じゃないでしょうね？」

「そこは安心してほしいかな。何なら、かなり大きい謎だよ。それこそ、渚が探しているあの男の子が絡んできてもおかしくないくらいには、ね」

例の《男子高校生》の存在がチラついた瞬間。

弛緩《しかん》した身体《からだ》が、見えない糸で引っ張られるように緊張する。

何だろう。あたしじゃない、もう一人の誰かがその存在に固執しているみたいな――。

「あのタイムカプセルの中に、あるデータCDが見つかってね。持ち主不明の、この時代には存在してはいけない……オーパーツのような、誰かの宝物が」

登校しながら、あたしとはるるは冬子の話に耳を傾ける。

「僕がタイムカプセルの発掘を手伝って、その後は中身を同窓会の会長に渡すことになったのさ。大人になった彼らは、当然全員出席っていうわけにはいかなかったからね」

そして冬子は、中身を全て会長に預けたのだという。

それを引き受けた会長は、体育館でリストを参照しながら、当時の同級生たちに配付をした……というところまでは、良かったみたいだけど。

「欠席者には後日郵送という形を取ったのだけど、一つだけ。持ち主不明のデータCDが残ってしまったみたいでね」

「それが、さっき言っていたオーパーツ？　でも二十年前っていうなら、別にCDくらいは珍しくも何ともないでしょう？」

「ナギの言う通りだよね。二十年前で珍しい記録媒体って言ったら、SSDとか？　今だと普及しているけど、その頃は一般に流通していたか微妙なレベル」

補足するはるるの横で、あたしはスマホでSSDの歴史を調べてみる。

その少し後に、大手メーカーが流通させ始めたみたい。だけど、冬子はあえてCDと言っているのだから、関係ないはず。

「ガワの話じゃなくて、オーパーツだったのは、その『中身』さ」

「この時代ではあり得ないデータが入っていた、っていうこと？」

「うん。渚《なぎさ》の言う通り。ところで二人は『ペロペロシンドロームの妹たち』っていう、アニメ化もされた人気ラノベを知っているかな？」

そっち方面に明るくないあたしとは対照的に、はるるは目を輝かせる。

「マ!? 冬子《ふゆこ》の口から、『ペロいも』の話が出てくるとは思わなかった！　ウチ、あれメチャクチャ好きなの！　アニメ五話で妹ちゃんが兄の身体《からだ》を舐《な》める作画、ヌルヌルすぎ！」

「兄が舐められるシーンがヌルヌル……？　ええっと……それは、その。少し過激な作品なの？　はるる？」

「いや？　確かに兄を舐めるシーンだけ見たらそうかもしれない。でもあれはね、愛の描写なの。ペロペロシンドロームに侵された兄妹《きょうだい》が互いを救うための苦肉の策というか」

「ちょっと待って。そもそも、ペロペロシンドロームって何……？」

「地球外生命体、ＰＲＰＲのこと。寄生された妹ちゃんは、普段から抑圧していた義理の兄への愛と肉欲が爆発してしまって、兄はそれを救うために世界のバランスを壊して」

「あ、もういいです」

つまり、そういうライトノベル作品があるわけね。

というか、この前三人で本屋に行った時にポスターを見た気がする。

「結構人気な作品とか？」

「だね！　ペロいもは原作小説がシリーズ累計百万部で、これは新人賞受賞作品では異例の売り上げ！　間違いなく次代のラノベを担う、超人気作！　全人類が推すべし！」

なるほど。オタクギャルのおかげで、概要は理解出来たけど。

「で？　そのペロいもと、タイムカプセルのCDにどんな関係があるの？」

「そこのオタクギャルが説明してくれたように、ペロいもは最近の作品でね。三年前に新人賞を受賞して刊行された作品……のはず、だったけど」

冬子はスマホを取り出して、ある画像を見せてくる。

それはタイムカプセルから取り出したと思われる、ケースに入った一枚のCD。

そのラベルには、『ペロいも　短編集』と書かれていた。

「え？　ど、どういうこと？　タイムカプセルは二十年前のものなのに、どうしてこの作品の短編集が存在するの？」

「ふふふ。それこそが、大きな謎だね。これからの解析次第では、ラノベ界が大きく揺れ動く事件だよ。黄色いパンツや破られた文庫本のページとは、比較にならないくらいに」

この謎が露見すれば、ネット上やライトノベルファンの間では激震が走るだろう。

その強大な謎に、あたしが胸をときめかせるには理由があった。

この謎を解いてみたいという、知的好奇心。これは前回と同じだけど。

そしてそれ以上に、これほどの謎なら今度こそ、あの《男子高校生》が絡んでくるかもしれないという、予感と期待。

「冬子《ふゆこ》。このデータCD、今はどうなっているの？」

「一時的に学校側、今回はその場に居合わせた暦《こよみ》先生が預かっている状態だよ。その様子だと……興味があるのかな？」

「もちろん！　こんな面白そうな謎、《探偵代行》のあたしが無視するわけない！　二人とも、手伝ってくれるよね？」

あたしの言葉に、冬子は頷《うなず》いてくれたけど。

だけど、テンションが爆アゲだったはずのオタクギャルは、微妙な感じだった。

「あ、あれ？　はるるは興味無いの？」

「え？　う、ううん。別に？　ナギが謎解きをしたいなら、もちろん手伝うし！」

歯切れの悪い返事に、少し戸惑うけど。

何はともあれ、あたしたち春夏冬《あきなし》トリオが次に解決を目指す謎が決まった。

「よし！　早速だけど今日の放課後、暦先生にお願いしてデータCDを借りてみよう！」

「いいですよね、ペロいも。私は第七話で、妹ちゃんの妹がお兄さんの身体《からだ》を強引にペロペロしてしまって、妹ちゃんに激しい嫉妬の炎が宿るシーンが大好きですわ！」

保健室の先生も、ペロペロシンドロームの虜《とりこ》になってしまっていた。

妹ちゃんの妹って表現、ややこしすぎる。

「分かる！　ウチはその後、お兄さんが妹ちゃんの首をペロペロして、『これで、さっきのペロペロはチャラにしてくれないか』って謝るシーンで涙腺崩壊したー！」

「はるるさん。私たちは同志ですわね。やりましょうか……次の同人誌即売会で、ペロいもへの愛を込めた、同人誌制作を！」

「ウチ、実はイラスト描けるから任せて！　友達二人にはバニー衣装で売り子やってもらうから、人手は充分すぎるね！　ふへへぇーい！」

あたしと冬子、まさかバニーにさせられる？

それならどちらかといえば、猫耳メイドの方がマシだけど……そうじゃなくて！

「暦先生。盛り上がっているところ悪いのですが……」

「あら、夏凪《なつなぎ》さん。後で衣装用にバストとヒップの計測をしてもよろしくて？」

「メジャーで首を縛り上げますよ？　そもそも着ないです。タイムカプセルに入っていた、ペロいものデータCDを見せてもらいたいのですが、大丈夫ですか？」

「ああ、はいはい。ちょっとお待ちくださいませ」

そう言って暦先生は、保健室の隅にあるダンボールからデータCDを取り出す。多分、あのダンボールの中身は帰る場所を失《な》くした、タイムカプセルの品々なのかも。

「これですね。同窓会で集まった方々の中に、マニアの方が居て大騒ぎでしたわ。ネットにデータを上げて仲間と解明します！　とか言っていたので、丁重にお断りしましたが」

「あはは……それは確かに問題になりそうですね。これが例の、データCD……？」

一見すると、ごく普通のCDにしか見えないけど。

「ええ。私が所有者である卒業生を調べ、お返しするという理由で預かってきました。白《しら》浜《はま》さんが、夏凪《なつなぎ》さんなら余裕でこの『謎』を解けるだろうと断言していたので」

「めちゃくちゃハードル上げられているし!?　無責任なこと言わないでよ、冬子《ふゆこ》……」

「おや？　渚《なぎさ》には無理な依頼だったかな？　無理なら断ってもいいよ。きっと世界を股にかける名探偵だって、気乗りしない『謎』には興味を示さないだろうし」

「むっ。別に解けないとは言っていないから！」

何故《なぜ》だか思わずムキになってしまったけど、問題はこの中身だ。

「もし本当に時を超えて現れたデータなら、大変なことですよね。このCDの中身が、今回あたしが担当する『謎』ですよね？」

「はい。私も軽く中身を拝見しましたが、驚きの内容でしたわ。夏凪さんと白浜さんは、この原作小説を読んだことがありまして？」

答えはノーだ。あたしたち二人は、揃《そろ》って首を横に振る。

「設定が特殊な、兄妹《きょうだい》モノの純愛ラブコメでして。その独自性が評価されて、新人賞の審査会では大絶賛されたとか」

「つまり、偶然アイディアや作品タイトルが被《かぶ》ってしまったとか、そういう可能性は低い感じですか？」

「世の中に『ペロペロシンドロームの妹たち』なんてぶっ飛んだタイトルをつける天才が、何人も居るとは思えないですわね」

「うん。それはちょっとあたしも言ってから思いましたけど……」

例えば、剣と魔法を題材にしたファンタジー。

そういうものなら、作者が影響を受けた作品が一緒で、世界設定やキャラクター、用いられる魔法の名称とかが被ることはあるかもしれない。

「だけどラブコメだと、発想は一緒でもタイトル被りはしない……よね」

「渚。例えば、作者が偶然この学校の出身者で、文芸部か何かに所属していた彼が記念に、タイムカプセルにCDを入れた、っていうのはどうだろう？」

「うん。あたしもその可能性が一番高いと思う」

「いやあ、それは無いっしょ」

推理を横から否定してきたのは、はるるだ。

「作者は九州出身で、大学を卒業するまで地元に住んでいたから。これは公式インタビューで答えていたし、間違いないと思う。年齢も違うよ」

「そうなの？　じゃあこの推理は的外れ……ね」

そんなに簡単に解ける謎じゃない、か。

でもその方が、彼に会える可能性は上がっていく。あたしも燃えてくるし。

「だったら、タイムカプセルに誰かがイタズラで後入れしたとか？」

「残念だけど、それも無いかな。僕が発掘を手伝った時、タイムカプセルはしっかりと施錠されていたよ。鍵は生徒会と同窓会の委員が厳重管理していたから、盗むのも難しい」

今度は冬子《ふゆこ》に否定されて、解決への分かりやすい道が全て閉ざされた。

暦《こよみ》先生も含め、あたしたちは唸《うな》りながら考えるだけの時間が続く。

「やれやれ。ナギ、フユ。表面的な謎に対して頭を悩ませるよりも、もっと大事なことがあると思わない？」

突然、はるるがそんなことを言い出した。

「どういうこと？」

「百聞は一見にしかず、だよ！　コヨちゃんはともかく、二人は『ペロいも』を何も知らないわけでしょう？　もっと知ろうよ、ペロいものこと！」

そう言われても、その発言の真意が分からずにあたしと冬子は首を傾《かし》げるけど。

はるるはスクールバッグを手に、保健室から出て行こうとする。

「ウチが二人に、最高の世界を見せてあげる！」

それからあたしたち三人は電車に揺られ、ある街へと来ていた。

そこはかつて、青果市場から電気街へと変貌し、世界に名を馳《は》せた有名な街。

駅を抜けたあたしたちの目の前には、家と学校を往復するだけでは絶対に見られない景色が広がっていた。

「ようこそ！　オタクたちが潜む深淵《しんえん》へ！　うぇるかむ・とぅ・あんだーぐらうんど！」

はるるは嬉々《きき》とした表情で、両手を広げて声を上げる。

見た目が派手なギャルのせいで、ギャップがすごい。道行く人々も、はるるのキラキラとしたオーラに圧倒されている。ていうか、引いている。

「へぇ……あたし、ドラマとか漫画で見たことはあるけど、来たのは初めて。冬子は？」

「僕も同じかな。この街はあれだよね。お金さえあればメイドさんが何でも言うことを聞いてくれる、僕のために作られた夢のような喫茶店があるとか」

「あんたのために作られたわけじゃないし、そもそもあたしたちの街にもメイドカフェくらいはあるでしょうが。例の駅前のやつ」

「あのメイドカフェは堅苦しくてね。女の子の太ももを撫《な》でただけで怒られたしさ」

「逆になんで怒られないと思った？　ねえ？」

「女性のミニスカから白い太ももが伸びていたら、触るのがマナーさ」

「太ももと一緒に法にも触れているけどね、あんた。それより……はるる。あたしたちみたいな青春を謳歌《おうか》している女子高生を、どうしてここに連れてきたの？」

それこそ、沿線に若者の街はたくさんある。

「ウチのホームはここじゃなくてもう少し先だけど、二人にはこの街の方が分かりやすくていいかな、って！　ほら、あそこ見て！　『ペロいも』の看板！」

はるるが指差す先には、ビルの上の看板に、原作小説の広告が貼り出されていた。

そしてそれは『ペロいも』だけじゃなく、他にも可愛《かわい》い女の子のイラストがそこら中にある。

不思議な空間だ。ちょっと、圧倒されちゃうくらい。

「テンション、ブチ上がるよねー！　テーマパークに来たみたいで、楽しいっしょ！」

「その割にはマスコットキャラ、どこにもいないけど……」

「ぬっ！　そこら辺を歩いているオタクさんたちではご不満か⁉」

「駅前でとんでもないことを言わないでくれる⁉　この街を愛する人々をマスコットキャラ扱いするな！　あんたも同類のくせに！」

「むしろ、僕らの方がよっぽどマスコットキャラだよね。絶世の美少女JKが三人並んで歩いているとか、チェキをお願いされてもおかしくない。あ、一枚五千円です」

「確かにあたしらが浮いているのは同意するけど！　ていうか、チェキたっか！　この前は冬子《ふゆこ》単独で三千円だったのに！」

　でも三等分したら一人二千円未満だからむしろお得……って、そうじゃなくて。

「それで？　これからどこに行くの？」

「うーん。やっぱり最初は、グッズ系からチェックしないとね！　こっちだよ！」

　はるるに導かれながら、あたしと冬子は肩を寄せ合って街を歩く。

　ここまで注目を浴びるのって、この街ならでは、だよね。

　男子に見られることはあっても、こんな露骨に視線が飛んでくるのは、中々ない。

「うわ。渚《なぎさ》が新しい扉を開こうとしている」

「し、してないから！　ふ、冬子は平気なの？」

「まあ、僕とはるるは男の目に慣れているから。やっぱりモテるからね。渚と違って」

「ん？　喧嘩《けんか》したいの？　それにこの街、至る所に露出度高くて可愛い女の子のイラストがあるから、目のやり場に困らない？」

「あはは。渚はお子様だなあ。こんなの、小学生の男子でも興奮しないよ。お、っと。目の前の女性が落とし物をしたようだね。僕が拾ってあげ……んぴゃっ!?」

　冬子が足元の本を拾い上げ、表紙を見た瞬間。

　短い奇声を上げ、耳まで真っ赤になってしまった。うん、これは照れる。

あたしも、イケメンの男子二人が上半身裸で抱き合っているそのイラストを見て、思考が追い付かなくなっているし。

「な、何で裸なの？　だ、男子って裸で抱き合うことあるの？　お祭り？」

「あ、う……あ、あっス。ふ、ふへへ。えへへー？」

「冬子《ふゆこ》!?　冬子が今までにないくらい狼狽《うろた》えちゃった！　はるる、助けて！」

あたしたちを置き去りにするように、軽快な足取りで先を行くはるるを呼び戻す。

「どしたん？　いつの間にボーイズラブに目覚めたの？　しかもマイナーなカプだねぇ」

「そうじゃない！　さっき、お姉さんがこれを鞄《かばん》から落としたから、拾ってあげようと思って、その」

「あー、なる。ちなみにこの返事は、ボーイズラブにかけているわけではなくてね？」

「うっさい！　いいからこれ、お姉さんに渡してきて！」

「うぃ。表紙のカプ的に、あの缶バッジを鞄につけている御姉様《おねえさま》だね。ウチはこの二人のカプじゃなくて、別の推しカプがあるから残念だなー。うへへ」

はるるはいつもの気さくな感じで、お姉さんに声をかけて本を返す。

ギャルに声をかけられたお姉さんは一瞬驚いていたが、はるるが手に持っているものに気付くと、ハイテンションで言葉を交わし、お礼を言って去って行った。

「あの本、御姉様の友達が描いているらしいよ！　サークル活動で使っている名刺貰《もら》っちやった！　次のイベントで挨拶に行かなきゃだ！」

「見知らぬ人と十秒で友達になれるそのコミュ力、どこで身につくの……？」

「いやぁー？　ウチも誰にだってああいう感じってわけじゃないよ？　あの人とウチの好きなものが一緒で、互いの好きを共有出来るって分かったから！」

照れ顔でそう言った後で、「ただし設定やキャラの解釈違いが起きたら殴り合いになるかもだけど」と、怖いことを呟《つぶや》くはるる。

「だけどさ……はるるって、本当に好きなんだね。そんな理由で血を流さないでほしい。それに、そこを歩く同志の人たちのことも」

あたしがそう言うと、はるるは今日一番の笑みを浮かべる。

「うん！　大好き！　ウチの『好き』を丸ごと詰め込んだみたいな、宝箱のようなこの街も、人も、全部！　ウチが本当の意味で心を開放出来る場所だから！」

「そっか。それじゃあやっぱり、あの教室は居心地悪かったよね」

はるるとあたしが出会ったのは、高校二年の秋だった。

教室の片隅で、どこか窮屈そうな表情で漫画を読んでいて。

派手な見た目とは裏腹にオタクだったはるるは、高校一年生の時にグループ内で趣味をからかわれ、孤立し、友達は冬子だけになってしまった。

「あはは！　まあ、最悪だったよね！　ウチにとって、ギャルの格好もコスプレみたいなものなのに。あの頃の友達は『その見た目でアニメ？』とか言ってきてさ」

否定された。好きなものを貶《けな》された。

だからこそ、東江《あがりえ》はるるは許せなかった。

「この街やネット以外で、ウチを受け入れてくれる人は居ないって思っていた。でも、フユはそうじゃなくて。ウチの好きなものを、知ろうとしてくれた」

「冬子《ふゆこ》らしいよね。あたしはその頃、まだあんまり学校に来られなかったけど」

「ナギも復学してさ、ウチに声をかけてくれたじゃん？　その漫画、あたしも大好き！

病室で夢中になって読んでいた！　ってさ。それがすごく、嬉《うれ》しかった！」

多数派に除《の》け者《もの》にされても、少数派であり続けることを選んだはるる。

学校なんて殆《ほとん》ど通えなくて、「そういう空気」みたいなものを知らないあたしだったからこそ、何の偏見もなく仲良くなれたのだと思う。

「あたしも、クラスに誰も友達が居ない中で……はるると仲良くなれて、嬉しかった。まあ、冬子とはその時に一悶着《ひともんちゃく》あったけどね」

「そういえばそうだね！　まあ、別に喧嘩《けんか》とは違う感じだったし、ウチは二人が仲良くなるって信じていたから、心配していなかったけど！　だからね、ナギ」

喜びと幸せに満ちた顔が、眩《まばゆ》い太陽に照らされて。

つい見惚《みと》れてしまう。好きなものを好きと言える、大好きな友達の顔に。

「今日は『ペロいも』だけじゃなくて、ウチの好きなもの、いっぱい教えてあげるね！　大切な友達に、ウチの大好きを、いっぱい！　二人にはもっとウチを知ってほしいから！」

「……うん！　だけどほどほどにしてよね？　あんた、喋《しゃべ》り出すと止まらないし」

「うひひ。それはどうかな？　ていうか、フユはどこに行ったの？　せっかくウチがメチャクチャにエモい話をしているのに」

「確かに……あ。ねえ、あれじゃない？」

あたしの視線の先では、冬子がメイド服姿の女子を侍《はべ》らせていた。

ビラを配っている女の子たちに集《たか》られて、満更でもなさそうな顔をしている……！

メイドさんたちも冬子のことが気に入ったようで、黄色い声を上げながらさり気なくボディタッチをしている。多分今なら太もも撫《な》でられるよ、冬子。

「参ったなあ。こんなにたくさんの女子にお誘いされたら、断れないよ。だけど今日は大切な友達二人とデートでね。良かったら後日、一人ずつ会いたいな。ふふっ」

うん、すごく幸せそう。

「せっかくだから冬子のことは無視して、二人で回ろうか」

「だね。春夏《あきなし》冬トリオは、今日から春夏コンビになろう」

モテモテの王子様を無視して、あたしたちは歩き出す。

どうやら放置されたことに気付いた冬子が何かを叫んでいるけど、幸せな時間を邪魔するのも悪いし、はるると二人でデートしようかな。

それからあたしたちは色んな店を回った。

例えば、セクシーなキャラクターのフィギュアがたくさん並んでいる店。

ガチャガチャが何十台も並んでいる、ただそれだけの変なお店。

何故《なぜ》か店頭でたい焼きを売っている、大きなゲームセンターだとか。

女子高生が読んじゃいけないかもしれない、セクシーな同人誌が並ぶお店とか。

普段、あたしたち三人では回ることのないような店ばかりだ。

はるるが言っていた、テーマパークっていう表現は間違っていないかもしれない。

「んー！　今日も満喫したぁ！　ウチ、大満足です。最高。最アンド高！」

それからあたしたちは、どこにでもあるファミレスで一息ついていた。

やっぱり女子高生には、こういう場所の方が似合っているかもね。なんて。

「はるるのおかげで、『ペロいも』のこと、色々知ることが出来たね」

「だね。まさか僕も原作を買うことになるとは思わなかった。はるるのセールストークが上手《うま》すぎる。妹ちゃんの妹がお兄ちゃんのお姉ちゃんと結ばれる展開が楽しみだよ」

「三巻ね！　その後二人は一波乱あって……おっと、いけない！　ネタバレ回避！　ついオタクの性《さが》が滲《にじ》み出てしまうところでしたな！」

「あたしも、ついガチャガチャやっちゃった。このラバーストラップ？　っていうの、可愛《かわい》いよね」

　あたしが買ったのは、『ペロいも』のストラップだ。

デフォルメされたキャラのイラストに、裏面にはキャラ名とちょっとした設定が書かれている、よくある感じのものだけど、結構可愛い。

「いいよね、その子！　妹ちゃんの妹こと、梨花《りか》ちゃん！　作者がすごく気に入っていて、サブキャラなのに一巻から出番多いから、人気キャラなの！」

「あ、だから三巻でメインエピソードがある感じなの？」

「そうそう！　アニメの主題歌を担当してくれている最かわアイドル、唯《ゆい》にゃも雑誌インタビューで梨花を推していてさ！　でもウチの推しは――」

　ドリンクバーと山盛りのフライドポテトだけを頼んで、あたしたちはそれから二時間くらい喋《しゃべ》り明かした。もちろん、話は『ペロいも』のことだけじゃないけど。

　大人になった時、あたしにとっての青春を聞かれたら――。

　きっとあたしは、二人と過ごしたこの時間のことを答えるかもしれない。

　部活や勉強。あるいは、好きなものに好きなだけ熱中するのも、もちろん青春で。

　十人十色の春を経て、あたしたちは大人になっていくのだ。

その夜。帰宅したあたしは、暦《こよみ》先生から借りていたデータCDを眺めていた。

ここから先は《探偵代行》である、あたしの仕事。

三人では解けなかった謎に、もう一度向き合う時間だ。

「まずはデータCDの情報から、かな」

ケースに刻印された、メーカー名を頼りにこれがいつ発売されたかを調べる。

保健室で冬子《ふゆこ》に一蹴された推理だけど、まだ裏付けはとれていない。

このCDが近年生産されたものなら、後入れ説も真実味《しんじつみ》を帯びてくる、けど。

「メーカーは十五年以上前に競合他社に吸収されて、ブランド名も残ってない……かあ」

ということは、これはちゃんとタイムカプセルが埋められた時代のもの。

未来から来た女子高生が深夜のグラウンドに忍び込み、タイムカプセルを掘り起こして中に入れた説は潰れた、と。

「次は本当の意味で、中身を見てみよう」

ノートパソコンのドライブにデータCDを挿入し、内部のファイルを確認する。

テキストデータがいくつも並んでいるけど、どれも『ペロいも』の短編だ。

はるる曰《いわ》く、これらの短編は全て原作にはないエピソードらしい。

「本当に作者が書いたものなら、ファンの人にとってはお宝だよね」

しばらく短編を読み耽《ふけ》っていたけど、何の成果もないまま時間が過ぎていく。

少なくとも、ただの読者であるあたしには、ここから何も見出《みいだ》せない……あっ。

「そっか。読者には無理でも、作者なら……！」

あたしはSNSを開いて、検索窓に『ペロいも』と打ち込んでみる。

今は昔と違って、作家と読者の距離がすごく近い時代だ。

紙のファンレターを送る必要はなく、手に持ったスマホやタブレットで、相手が見てくれれば簡単に繋《つな》がることが出来る。

「見つけた！　ペロいも作者さん……美登五晶《みとごしよう》先生のアカウント！」

メッセージを送ろうとして、あたしは手を止める。

どこまで話していいのかな、これ……。

ウチの学校のタイムカプセルに、あなたの作品の短編小説集が入っていました、って？

そもそも、向こうが突然来たメッセージに反応してくれるかどうか……ああ、もう！

「すごく面倒くさい！　ダメで元々でしょ、あたし！」

勢いのまま文章を打ち込み、美登先生にメッセージを送ってみる。

文面は簡単な挨拶とファンであることを添えた後に、一つの質問をぶつけたものだ。

【美登先生の『ペロいも』についてお尋ねしたいことがあります。先生は本作を刊行する

以前に、この作品の短編などを書いたことがありますか？】

「割とストレートな質問だけど、どうかな？」

あたしが立てた仮説は、こうだ。

もしも美登《みと》先生がこの質問にノーと返したらそれで終わり。

だけどイエスと返したら、このデータＣＤの短編は本物の可能性がある。

二十年以上前に美登先生が『ペロいも』を既に世に生み出していて、この短編集はその時に何らかの場で発表したもの。

例えば、文学作品の即売会。

あるいは、高校の文芸部や大学のサークルで配ったもの。

それを入手した我が校の卒業生が、思い出の一品としてタイムカプセルに入れたのかもしれない。

こうすれば、最低限の辻褄《つじつま》は合うけど。

「……わっ！　もう返事きた！」

あたしが思考に没頭していると、ＳＮＳから通知が来る。

【こんばんは。私の作品を読んでくれてありがとうございます。『ペロいも』についてで

すが、過去に短編は発表したことがないですね。本作の店舗特典でいくつか書きましたが】

あたしは慌ててお礼を打ち込んで、また次の質問をぶつける。

【新人賞で受賞する以前に、作品を書いたことはないですか？　あたしの友達に、『ペロいも』の短編集を読んだことがある子が居るみたいで、気になって……】

後半はフェイクだ。あまり余計な情報を美登先生に与えて、混乱させたくない。

そこからはリアルタイムでメッセージが飛び交っていく。

【短編は無いですねー。そもそも、私は短編を書くということが不得意なので……心当たりがあるとすれば、小説の店舗特典で書いたもの以外で、一つだけ】

あたしはその答えに仄《ほの》かな期待を込めて、返信をする。

【即売会とかで、『ペロいも』の同人版を作った……とか、ですか？】

【そんなことしたら色々問題になりますね（笑）　アニメのブルーレイ特典に、少し厚みのある中編小説がありまして。お友達はそれを短編集と思っている気がします】

「うぅーん……それじゃないなあ。これは本当に心当たり無さそうな感じ」

その特典小説については、あたしも調べてある。

だけど中身はタイムカプセルの短編集とは全く違う、一本の小説だった。

「とりあえず、先生にはお礼を言わないとね」

そこから何度かメッセージを交わして、最後は美登《みと》先生の「これからもファンでいてくださいね。どちらかが死ぬまで」という、優しくて重い言葉でやりとりは終わった。

嘘《うそ》を吐《つ》いている感じは無さそうだし、そもそも隠す理由が無いはず。

一つの推理は謎の闇に溶けて、一切の変化を起こさずに消えていく。

「……じゃあ、あなたはどこから来たの？　一体、誰が生み出した物語なのかな」

古いケースの側面を撫《な》でながら、呟《つぶや》くあたしの声に誰からの返事もない。

謎は問いかけには答えない。

ただ一つ、ゆるぎない真実を突き付けた時にだけ、応えるのだ。

謎は待っている。まだ誰も知らない自らの正体と、真実が暴かれる時を。

「ちょっと行き詰っちゃったし、『ペロいも』のアニメでも観《み》ながら寝ようかな」

どれだけ細い糸でも、手繰り寄せた先に何かが繋《つな》がっている可能性はある。

だからあたしは、どんなものにだって謎解きの可能性を見出《みいだ》してやる！


結局、一晩中考えても、土日を使っても、謎は解けなかった。

週明け。朝の教室で眠い目を擦《こす》りながら、あたしは冬子《ふゆこ》とはるるに昨晩のことを語った。

「作者さんと繋がれたのに、何も無かった……か。謎は深まる一方だね」

「美登先生はファンサがすごくいい人だからね！　ウチだったらSNSのアイコンをちょっとエロい自撮りにしているJKとか、怖くて返信しない」

「してないけど!?　可愛《かわい》い猫の画像だから！　あ、でも。アニメは全部観たよ。『ペロいも』がメチャクチャ面白い作品だっていうことは分かったかな」

「でしょー!?　アニメだと十話で梨花《りか》が覚醒して、ペロペロシンドロームを克服してお兄ちゃんとデートするAパートが神すぎるよね！　百回泣いた！」

「うん、分かる！　昨日、あたしがガチャガチャで当てた梨花のストラップの服装が、あのデート服だっていうことに気付いて、ちょっと嬉《うれ》しくなっちゃった！」

あたしは制服のポケットに入れていた、『ペロいも』のストラップを取り出す。

二人に見せびらかして、そこであることに気付く。

あれ？　これ、何かがおかしいような――？

「違う」

梨花《りか》だけど、梨花じゃない。

あたしの知っている梨花は、確かにこの子だ。本編にも当然、出てくる。

だけど、もう一つの『物語』に出てくる妹ちゃんの妹の、その名前は。

「渚《なぎさ》、どうしたの？　急に黙り込んで……」

「お腹《なか》痛いの？　ウチが撫《な》でてあげようか？　痛いの全部、明日に飛んでいけー！」

「明日の自分を地獄に突き落とす魔法だね、はるる。って、僕にツッコミをさせないでくれるかな？　渚の担当なのに」

「ねえ、二人とも」

目の前で繰り広げられていた掛け合いを無視して、尋ねる。

「短編集、読んでみた？」

しかし二人は、揃《そろ》って首を横に振る。

「僕は本編小説だったら大体読み終えたけど、アニメや例の短編はまだだね」

「うん。軽くパラ読みしたくらいだけど」

そうか。だからあたしだけが、この違和感に気付けたのか。

「昼休み、保健室に行こう。暦《こよみ》先生にも話を聞きたいの」

「あらあら、春夏冬《あきなし》トリオの皆さん。こんにちは」

昼休みに保健室へ向かうと、暦先生がデカ盛りのカップ麺を食べていた。

「消毒液の匂いが漂う空間で、平気で食べられるのも凄《すご》いですね……」

「スーパーで一個百円の時に買い溜《だ》めをしているのですわ。私だって出来ることなら、お昼に学外で駅前のお洒落《しゃれ》なパスタとかを食べてみたい気持ちはありますとも。ええ」

暦先生は豪快にスープを飲み干し、ゴミを袋に入れてから向き直る。

お金がないのにあたしたちに色々ご馳走《ちそう》してくれていたのかな……それはさておき。

「ところで、暦先生はデータCDの短編集は読みましたか？」

「ええ。文章は少し粗削りでしたが、中々面白かったですわね。特に私は妹ちゃんの妹ではなく、妹ちゃんのお姉ちゃんを推しているので、出番が多くて楽しめました」

「それ、普通に姉と妹っていう表現じゃダメなのかな？　何か規制されているの？」

「白浜《しらはま》さん。そういう野暮《やぼ》なツッコミこそダメですよ。原作に理由があるのでしっかり読み込んで、明日までに怒られた理由を考えておいてください」

「あれれー？　今日は全員、僕に対して当たりが強くない？」

「その妹ちゃんの妹こと、梨花のことですが」

あたしは暦《こよみ》先生のパソコンを借りて、短編集を一つ開く。

「原作とこの短編で一つだけ、違いがあります。梨花《りか》は美登《みと》先生の書いたものでは、一貫して『梨花』ですけど、短編では……これです」

設定も、兄に対する想《おも》いも、何もかも相違のない妹ちゃんの妹こと、梨花。

短編集では出番が少ない子。だけど、全ての場面で名前が異なっている。

同音異字で、『梨華《りか》』と。ほんの些細《ささい》な違いだけど。

「本当ですわ……！　それ以外は全て原作やアニメと同じなのに」

「短編では出番が少ないからただの誤字かと思って見逃しそうになるけど、梨花ちゃんだけが、まるで別の世界から来たかのように名前が違うね。いや、もしかしたら……」

それは有り得ない可能性だけど。

あたしも、冬子《ふゆこ》も、暦先生も。みんなが息を飲む。

「このデータCDそのものが、パラレルワールドから来たものとか――」

「ちょいちょいー。ウチらの楽しい青春ミステリな日常を、雑な流れで学園SFに路線変更しないでくれるー？」

その場の空気を、変わりかけた世界を取り戻したのは――、はるるだった。

「まあ、それも仕方ないよね。今回の『謎』はライトなファンには難しすぎるし。もしかしたらナギたちが答えを見つけるかと思って黙っていたけど、さ」

「それって、つまり……はるる。あんた、答えを知っているの？」

「そうだね。だってウチは」

その先に続く言葉は、誰もが予期しないものだった。

「そのデータCDと同じで、過去から来た古《いにしえ》のオタクだから」

あたしたちの青春、今度こそ学園SFになっちゃった。


解決編を担当することになった、古のオタク……もとい、はるるは語る。

今回のデータCDが抱えている、大きな違和感の正体を。

「そもそも、『ペロいも』ってある意味では、評価されるのが遅すぎた作品なワケよ」

「どういうこと？　だって美登先生は、三年前にこの作品で新人賞を受賞して、プロデビューしたわけでしょう？　遅すぎるどころか、めちゃくちゃ早くない？」

コミカライズやアニメ化も果たして、現在は二期を制作中。

どう考えても最初から評価されていた作品だと思うけど。

「甘いなあ、ナギ。それはあくまで、商業作品として……っしょ？」

はるるの言葉を噛《か》み砕くように、思考してみる。

つまり、『ペロいも』は新人賞を受賞する以前に、どこかで掲載されていた？

「それはおかしいですわ、東江《あがりえ》さん。『ペロいも』は投稿サイトで連載されていた過去もなく、もちろん検索してもそのような痕跡は見当たりません」

「だね。暦《こよみ》先生の言う通り、僕もその可能性を踏まえて調べたよ。二十年前にどこかで作品を発表していたなら、短編集の存在も矛盾しない……だけど、それは有り得ない」

二十年前という時間が、この可能性を潰す。

あたしも軽く調べたから分かる。その頃には、発表の場が無いのだ。

「今でこそブログや小説投稿サイトは色々あるし、何なら電子書籍の自費出版も出来るよ。だけどそんな昔のインターネットに、そういう場所が……」

「だからこそ、これは現代っ子には解けない謎なワケよ」

はるるは、そんなあたしたち三人の反論に一切怯《ひる》まなかった。

きっと自分の辿《たど》り着いた答えに、絶対の自信があるのかもしれない。

「確かにあの頃には、自作の小説を誰かと共有する場所は少なかった。だけど、少ないだけで無かったわけじゃない。だって、自分たちで『作る』のが主流だったから」

個人サイトを、ね。

そう言われてピンときたのは、この中で年長者の暦先生だけだった。

「なるほど。自分でウェブサーバーの提供サービスなどを用いて、作成ソフトやツールなどを使ってサイトを作る文化が……あの頃はありましたわね」

私もその頃は子供でしたが。そう付け加えて、暦先生は続ける。

「自分の創作物を世界中に向けて発信するための、数少ない手段でしたのよ。今はイラストや音楽、動画ですら簡単に大きなSNSに上げられますが」

「うん、ココちゃんは分かってくれると思った。とはいえ、ウチも現代っ子だから後付けの知識だけどね！　古《いにしえ》のオタク云々《うんぬん》はただの格好《かっこ》つけで、普通のオタクギャルJKだし」

「あたし、はるるが本当に過去から来たのかと思って、少し焦っちゃった……」

「ウチとしてはあの頃のネット文化もキラキラしているから、マジで過去に行ってみたいけどね。今は今でオタクたちが最高にキラキラしていると思うけど！」

「少なくとも、昔はオタクに対する偏見が凄《すご》かったですから……今がとてもいい時代なのは間違いないと思いますわよ」

暦先生の言う通りだ。今は若い子も大人もアニメや漫画、ゲームを楽しんでいるけど、あたしたちの親世代にとって、それらは「子供かオタクだけの娯楽」だったのだから。

「あれ……？　だけど、ちょっと待って。あたし、美登《みと》先生とメッセージをやりとりした時に聞いたけど、受賞する以前に作品を書いたことはないって言っていた気がする」

「あー。教室にナギでメッセージ見せてもらったけど、それは聞き方が悪いよ。だって美登先生はしっかりと、【短編「は」ない】って言っているし」

「あ、そっか。でも……『ペロいも』の短編については謎が残ったままだよね。本編そのものは美登《みと》先生が個人サイトで公開していたにせよ、短編は書いてないわけだし」

そうだ。まだこの謎は、その全てを曝《さら》け出していない。

しかし、そこは流石《さすが》に古《いにしえ》のオタクを自称するだけはあるようで――。

「ナギの言う通り。美登先生は『ペロいも』の短編を書いていないよ。だってこれは……

当時の、二十年前に『ペロいも』を読んだファンの、二次創作だからね」

はるるは保健室に来る時に、持ってきていた冊子を私に渡す。

てっきり、何かのカタログかと思っていたけど、それはライトノベルの発売情報などが載っているフリーペーパーだった。

「これ、美登先生が作家デビューした頃に、新人賞発足二十周年記念に配布された冊子。とあるイベント会場で貰《もら》えたものだけど、結構なレアものだよ」

「こんなの、ネットで検索しても出てこなかった……」

「だろうねぇ。ファンの間でも知る人ぞ知るものだしさ！　公の場で美登先生が個人サイト時代のことを語るインタビューも、これくらいだし」

あたしは冊子を開いて、その記事を熟読する。

【受賞作の『ペロいも』は、過去に個人サイトで公開していたものです。既にサイトは閉鎖していますし、僕が知る限りはアーカイブも無いですけどね】

【作品を読んでくれた人は、友達を除けば一人だけでした。だけど……その一人は、作品をすごく愛してくれて】

【最新話を公開すれば感想を真っ先にくれたし、二次創作小説もメールで送ってくれました。妹ちゃんの妹こと、梨花《りか》は彼女の二次創作から着想を得たものです】

【梨花を加えて、当時の原稿を手直しして新人賞に送ったものが、受賞したというわけです。二十年越しに『ペロいも』を本に出来て、僕はすごく幸せ者ですよ】

全ての謎が解け、あたしの中にあった焦燥が溶けていく。

そしてすぐに脱力感が全身を支配して、変なため息が漏れ出てしまう。

だって、こんな謎は。

「ぜっったい、解けるわけがないじゃん！　当時のネット文化に精通していて、作者のインタビューを冊子からも読み漁《あさ》って、梨花の違和感に気付く必要があるとか！」

きっと世界一の名探偵だって、頭を悩ませるはずだ。

解いてしまえば何ともないように感じるけど、きっとこれは専門外。

あたしたちのようなニワカではなく、作品と作者を心から愛する……そんな最高のファンにしか分からない、マニアックな至高の謎だ。

「ふふふ。ナギもまだまだだね！　特定ジャンルに限れば、ウチの方が早く謎を解けちゃうくらいだし！」

「……もしかして、あんたは最初からこの答えが見えていたの？」

あたしの言葉に、はるるは小さく舌を出して可愛《かわい》く笑う
「うむ！　実はそうなのだ！　でもウチが即答え合わせしちゃったら、ナギの謎解き欲求も気持ちよく解消されなかったと思うし？　それに、さ！」

一拍置いて、はるるはあたしの手に握られている冊子を指差す。

「ナギとフユにも、あたしの大好きな作品を大好きになって欲しかったの。暦《こよみ》先生と四人で好きを共有しあえる作品があったら、すっごく素敵だと思って」

思えば、『ペロいも』に関連する謎なんて、はるるが真っ先に食いつくはずだ。

それなのに、冬子《ふゆこ》に話を聞いた時の彼女は、何だか退屈そうにも見えた。

だけどその後、何かを思いついたかのように、あたしと冬子をあの街に誘ったのは、こういうことだったわけ、か。

あの違和感を見逃さず、そこで追究していれば――。

この難解な事件が起こる前に解決出来ていたはずなのに。

「……悔しいけど、はるるの大勝利ね。あたしたちはまんまと『ペロいも』を好きになっちゃったし、はるるが居なかったら謎も解けなかっただろうし」

「えへへー？　はるるちゃん、大勝利！　これからも皆で最高の作品を最大の愛で推し続けていこうよ！　ね！」

結局、どう足掻《あが》いてもあたし一人じゃ到達できない答えだったみたい。

あたしも《探偵代行》なんて名乗っている割には、まだまだ足りないなぁ。

鋭い洞察力と幅広い知識を……もっと。もっと、身につけないと。

「それじゃあ、二人とも。謎解きの後は心温まるエピローグが必要だろう？」

無事に『ペロいも』短編集の全てが曝《さら》け出された後で。

冬子は同窓会参加者のリストを片手に、この物語の終着点を作り始める。

「美登《みと》先生のインタビューのインタビューのおかげで、短編集の作者は女性だって分かった。タイムカプセルの発掘に参加しなかったのは、六人ほどいるけど、女性は幸運にも一人だけだ」

「じゃあ、その女性が……！」

「うん。『ペロいも』の世界初のファンだね。この人と連絡が取れるかどうかは、まだ分からないけど」

「そこは私が教員として、責任もって同窓会の会長さんに尋ねてみますわ。今でも繋《つな》がりのある方が居れば、連絡がつくはずでしょう」

暦《こよみ》先生は小さく笑って、冬子《ふゆこ》から同窓会のリストを受け取る。

これで、全ての点と点が繋《つな》がった。

短編集を書いた女性は、『ペロいも』の今を知っているのだろうか。


昼休みから放課後の間に、暦先生は女性の連絡先を入手していた。

何でも、同窓会の会長は今でも彼女と連絡を取り合う仲なのだとか。

謎に躓《つまず》いていた時間が嘘《うそ》のように、全ての出来事がトントン拍子に進んでいく。

「電話をするかどうかは、あなたたちが決めるといいですわ」

保健室で、暦先生は電話番号の書かれた紙を渡し、その先をあたしたちに委ねる。

いつもならあたしが……どうするかを決める流れだけど。

「はるる。あんたが決めていいよ」

この謎を解決に導き、そして最も『ペロいも』を理解していたのは、はるるだ。

オタクじゃないあたしには、一歩を踏み出していいのかが分からない。

でも、オタク同士なら違う。

年齢が違っても、同じものが好きな者同士……もとい同志で、分かり合えるはずだ。

「それはもちろん、電話するに決まっているでしょー！」

はるるは素早い動きで番号をタップし、電話を繋ぐ。

コール音が何度か繰り返され、あたしたちは固唾をのむ。

そして、その時はやってきた。

超古参のファンと、新参のファンが繋がる瞬間が。

『もしもし？　どちらさまでしょうか？』

電話先の彼女に、あたしの友達は真っすぐにぶつかっていく。

「あの！　ウチ、東江《あがりえ》はるるって言います！　あなたが通っていた高校の後輩です！　タイムカプセルに入れたCDのこと……『ペロいも』短編集のことで、お話があります！」

そこからはずっと、はるるのターンだった。

かつて、あなたが愛した作品がアニメ化までしていること。

あなたの二次創作から生まれたキャラクターが、本編に登場していること。

自分もあなたと同じで、『ペロいも』が大好きなんだと——。

先輩である女性は、黙って可愛《かわい》い後輩オタクの熱弁を聞いて、それから。

『そうですか……すごいことになっていたのですね。知らなかったです』

「そうなんです！　すごい作品になりましたよね！　だからもし良かったら、今度ウチと一緒に美登《みと》先生にファンレターでも書いて」

『あ、それは結構です』

「……ふぇ？」

先輩オタクの冷たい言葉に、はるるは気の抜けた声を上げる。

そして女性は、後輩オタクに『現実《リアル》』を突き付けた。

『私、もうオタクを辞めて普通の主婦なので。あれはただの黒歴史ですし、叩《たた》き割って捨てておいてください。では、失礼します』

その言葉を最後に……普通の主婦との電話は途切れてしまった。

空想の世界に一人取り残されたオタクこと、はるるは呆然《ぼうぜん》としている。

「なるほど……彼女は二つの意味で『卒業』した、っていうことね」

「あら、夏凪《なつなぎ》さん。お上手なまとめ方ですわね」

あたしと暦《こよみ》先生が気まずい沈黙の中で呟《つぶや》く。

すると、はるるはその場に崩れ落ち、頭を抱えて悶《もだ》え始めた。

「っ、うぐぅうう〰〰〰！　ありえない……ありえない！　主婦になったからオタクじゃないなんて、通るか！　そんなの！　ばかぁっ……！　ぐ、ぐぬぬぅ〰〰〰……！」

呻《うめ》き声なのか何だか分からない声を出しながら、遂《つい》には床に転がり始める。

「はるる。えげつないデザインのパンツが丸出しだから。危ないから、色々」

「パンツなんて知らない！　いらないっ！　ウチは今、悔しくて仕方ないっ！　あんな神作品をリアタイ更新で追っていたのに、何でその熱意を捨てられるのか……うぁーん！」

いよいよ泣き始めてしまった。いや、パンツはいるでしょ？

あたしたちには分からないけど、オタク特有の嫉妬とか、歪《ゆが》んだ羨望なのかなあ。

「渚《なぎさ》。こうなったら僕たちには救えないよ。同じくらいの熱量が無いと、慰めも同調も全てが嘘《うそ》になる。しばらく泣かせておこう。エロいパンツを見られるし、お得だから」

「そうだね。あたし、ココア買ってくるよ。はるるのお気に入りの、紙パックのやつ」

「頼むよ。今日の放課後は荒れるよ、これは」

「あはは。そうだね。はるる、自分の好きなアニメとか漫画が悪い展開に進むと、あたしたちを拘束して延々と語るし」

まあ、そんな時間も嫌いじゃないけど。

あたしは廊下に出て、近くの自販機を目指して歩き出した。

今回の事件でも、例の《男子高校生》は絡んでこなかった、か……。

もしかしたら彼は、自分の目が届く場所でしか事件に巻き込まれないのかもしれない。

「でも……絶対に、見つけ出してやるんだから」

タイムカプセルに残された『謎』は、一人のオタク女子によって解決した。

何かを愛することは、多分誰にでも出来ると思う。

だけど、どれだけ愛し続けられるのかは……才能なのかもしれない。

情熱の炎は、激しく燃えれば燃えるほど、消えた時の温度差が激しい。

それでも。たとえ燃え尽きたとしても、その灰を再び心の栄養に出来れば――。

人は何度だって、立ち直れる。もう一度、『あの頃』を取り戻せるのだと思う。


殆《ほとん》どの生徒が下校してしまい、人の気配が無い校舎の中を、ココア片手に歩きながらそんなことを考える。

「あたしの胸に宿る情熱のためにも、早く答えを見つけないとね」

今日も脈動を続ける心臓に手を置いて、あたしは誓うように呟《つぶや》く。

明日からまた、新聞やネットの記事を漁《あさ》って、それから……。


「キャアアア――ッ！」


突然聞こえてきた悲鳴に、あたしの心臓は大きく跳ねた。

不意打ちに驚きながらも、声の発生源を探る。

「上のフロア……この階段を上った先！」

あたしは階段を一段ずつ飛ばして、全力で駆けあがる。

一体何があったのだろう？　間違いなく、女子の声だった。

友達とふざけあって、悲鳴を上げた？
足元に嫌いな虫を見かけて、咄嗟《とっさ》に拒絶した？
あるいは図書室から出てくる幽霊でも、見たのだろうか？
それならいい。そうであれば、今日という一日が優しく終わる。
だけど、さっきの悲鳴は――。
確実に、あたしたちの青春を一変させるような色をしていたから。

「なに、これ……」

階段の先にある、女子トイレの入り口に。
女の子が、倒れていた。
半袖のセーラー服から伸びる、色白で綺麗《きれい》な腕に――。
非現実的なほどに鮮やかな、真っ赤な血を流しながら。

第四話　あたしたちの、帰り道

「これで三日連続か。大事件になっちゃったね」

朝の教室。本来なら一時間目の授業をしているはずだったのに、臨時の全校集会が開かれ、今日の授業は全て中止し下校となったため、教室の空気が違う。

あたしは冬子《ふゆこ》の言葉に頷《うなず》いて、三日前のことを思う。

「あたしが見つけた、一年生の女子も血を流していた」

階段を駆け上った先。女子トイレの前で倒れている女の子は、二の腕の辺りから出血をしながら気絶していた。

すぐに暦《こよみ》先生を呼んだけど、大きな怪我《けが》でもなければ、命に係《かか》わるような状態でも無かった。けど。

「三日連続で他の生徒が同じような被害を受けているのも、ちょっと怖いよね」

はるるの言う通りだ。

あの日から連続発生している、校内での流血事件。

三人全員が、肩や二の腕から出血をしているという、全く同じ被害を受けていた。

逆に言えば盗難や暴力など、それ以上の被害は一切無し。

「噂《うわさ》では、三人とも何者かに背後から襲われたそうだよ。首を絞められて意識が朦朧《もうろう》としている最中に、腕を傷つけられたとか」

「ねえ、冬子。それって、かなりの力と技術が必要だよね？　絞め技で相手を落とすのって……柔道や護身術を練習している時はよくある話らしいけど」

「うん。僕はそういうのに詳しいからよく分かるけど、高校生どころか成人男性でも中々出来ることじゃないよ。少なくとも、二人みたいな可憐《かれん》な女子には無理だろうね」

一歩間違えれば、普通に殺しちゃうから。

冬子の小さな呟《つぶや》きと話を聞いた後で、より一層背筋が凍る。

あたしだって、もう少しあの現場に到着するのが早かったら、同じような目に遭っていたかもしれない。

「渚《なぎさ》の場合、悲鳴を聞いたわけだろう？　つまり被害を受けた子が突如現れた人物に驚いて、渚が到着するまでの僅かな間に犯行が行われたわけだ。相当な手練《てだ》れだよ、犯人は」

「あ、あはは……あたし、運が良かったとしか言えないよね」

「そうだよ！　ナギは放っておくとどこかに行っちゃうから、ちょっと不安だし！」

「そんなに心配しなくても平気だって、はるる。少なくとも犯人が捕まるまでの間は、単独行動はしないいし。放課後だって、しばらくは無駄に残れないしさ」

放課後は一部の補習を除いて、部活動なども休止になった。

補習を受ける生徒も、先生や友達と一緒に校内を歩くことが義務づけられている。

「警察の人たちには、早く犯人を捕まえて欲しいよねー。放課後にそのまま家に直帰とか、マジで帰宅部のエースになっちゃうし……あ、そうだ！」

そこまで言って、はるるは何かを思いついたかのように、机に前のめりになる。

「今日はせっかくだから、三人でお泊り会しようよ！」

「お、お泊り会？」

思いがけない提案に、あたしは上ずった声を出してしまう。

「そういえば、僕らって何気にお泊りはしたことないよね」

「でしょ！　フユの言う通り、ウチらってビジネスフレンドみたいなところあるから。ここらで一気にアピールしておかないとさ」

「誰に!?　そもそもビジネスフレンドではないでしょ、あたしたち！」

真の意味で利害関係だけで成り立っている同級生、嫌すぎる。

「うん！　ナギとはちゃんと友達だよ。白浜《しらはま》さんは、今月の友達料金を滞納しているから、少し距離があるけど」

「たはは……渚《なぎさ》の前では秘密にしてくれって、言ったじゃないか。後でATM行って八万円下ろしてくるから、待っていてほしいな」

「女子高生がその額を稼いで毎月払っていたら、もうひと頑張りで所得税発生しちゃう！　ていうか、何で八万円なの？」

「末広がりの八。ウチらずっと、友達っていう意味……ベストフレンド、フォーエバー。だよっ、ナギ！」

「パパ活も真っ青な歪《ゆが》んだ関係。むしろパパ活っていうか、恐喝でしょ」

いつも通りバカみたいな雑談に区切りをつけて、あたしは話を戻す。（冬子《ふゆこ》がスマホで預金残高を眺めていたような気もするけど、きっと気のせいだ！）

「お泊り会をするのはいいけど、誰の家に行くの？」

「ウチはお祖父《じい》ちゃんとお祖母《ばあ》ちゃんが居るけど、平気だよ！　午後八時に寝て、午前四時には起きるから静かにしてくれれば、問題なし！」

「東江《あがりえ》ファミリー、早寝早起きの究極形すぎる……冬子は？」

「僕は多忙な叔母と二人暮らしだから、多分家は空いていると思うけど。ただあの人、予期せぬタイミングで帰ってくるから気まずくてね」

「そっか。じゃあ、あたしの家でいいよ。１Ｋの狭い部屋で良ければ、だけどね」

ベッドとソファがあるし、三人で寝泊まりするなら問題はないはず。

あたしの言葉を受けた二人は、今まで見たことないくらいに目をキラキラと輝かせる。

「渚の家！　僕、一度は行ってみたかった！　絶対に行きたい！」

「ウチも！　ウチも！　絶対いい匂いする！　ディフューザーとかある！」

「分かる！　僕は枕の匂い嗅ぎたい！」

「じゃあウチは、ナギのルームソックスいただき！」

「あたしの部屋で勝手に何か嗅いだ人は、鼻にわさびを捻《ね》じ込む。許可なく物色したら、爪を剥《は》ぐ。あたしの身体《からだ》に触ったら、即座に追い出す。これを守れる人は？」

苛烈なルールを提示すると、二人は元気よく「はい！」と手を上げる。絶対守るつもりないでしょ、この子たち……。ちょっと不安だけど、まあいいか。

あたしの友達は、あたしが本当に嫌がることはしないからね。

「じゃあ一回帰宅して、準備が出来たら夕方くらいにあたしの家においで」

「分かった！　僕も食べ物とか、色々買ってくるよ。はるる、大量の輪ゴムをお願いしてもいいかな？」

「あい、了解！　フユこそ、大きいスイカを忘れちゃダメだぞー！」

「ねえ、二人とも。輪ゴムをたくさんスイカに巻き付けて、爆発させる動画撮ろうとしていない？　嘘《うそ》だよね？　ねえ？」

諸々《もろもろ》の予定を立てて、あたしたちは下駄箱《げたばこ》へと向かう。

その途中、いつもよりお疲れムードな暦《こよみ》先生と遭遇した。

「あら、春夏冬《あきなし》トリオの皆さん。今日も仲良しですわね」

「その微妙に流行《はや》らなそうな呼び名、使っているのは暦先生だけですよ。先生はまだお仕事ですか？」

「そうなのですわ、夏凪《なつなぎ》さん。例の事件のせいで、教員は定期的に校内を見回ることが義務付けられまして。今日は私の番なので、変なことが起きないことを願っていますの」

「あー、だから憂鬱そうな顔をしているわけですね……」

「コヨちゃん！　仕事が嫌だからって、お酒の量は増やしちゃダメだよ！」

「そうですよ、暦先生。僕で良ければ話を聞きますし、抱きしめてあげますから」

はるると冬子《ふゆこ》の励ましを受けて、暦先生はようやく笑みを浮かべてくれた。

「ありがとうございます。また放課後が自由に動けるようになったら、いつでも保健室に来てくださいね。それでは、さようなら」

去り際に手を振って立ち去る暦先生の背中を見送って、そのまま下校するのは何だか申し訳ない気もするけど。

今回の『事件』には『謎』が残っていても、あたしの出番は無さそうだ。

警察が深く介入した時点で、《探偵代行》……もとい、ただの女子高生であるあたしがうろついていても、邪魔になってしまうだけだ。

それでもまだ残る未練を断ち切るように、そうやって自分を無理やり納得させる。

だから今日は少しだけ、いつもより女子高生である自分を満喫しよう。

「ねえ、冬子《ふゆこ》。はるる。女子高生がお泊り会で食べる物って、何だと思う？」

夕方になって、冬子とはるるはあたしの部屋に遊びに来てくれた。

それはいい。すごくいい。絶対に楽しい。最高だ。

だけど、問題は今この目の前で繰り広げられている、とあることだ。

「タコパとか、ピザパとか。そういうのが流行《はや》りだよね。後はお菓子を持ち寄って、パジャマ姿でダラダラと食べるとかさ」

「ウチもその二つやったことあるよー！　ポップコーンメーカーを持ってきて、コーラと一緒に出来たてを食べながら映画を見るとかも！」

「うんうん、そうだよね？　女子会って、そういうキラキラした感じだよね？　だったら何であたしたちは……ホットプレートで焼きそばと焼き鳥を作っているのかなぁ!?」

あたしの部屋にある、アロマの香りを放つディフューザーが死んでいる。

お洒落《しゃれ》なガラス天板のテーブルの上には、冬子が持参したホットプレート。

ソースの香ばしい匂い。ジュワッと音を立てて焼かれている太麺と、串刺しの鶏肉《とりにく》たち。

「露店か！　あたしの部屋は露店なのか!?　祭り気分か、あんたたちは！」

「あはは。渚《なぎさ》、君の部屋は露店じゃないよ。それは浮かれすぎじゃないかな？」

「うん！　その串であんたの目を刺してあげよっか！　一本取って、すぐに！」

「ナギ、怖いよぉ……いつもはすごく優しいのに、何でそんなに怒っているの？　くすん」

「怒るわ！　泣きたいのはあたしの方なんですけど！　はぁ……もう、いいや」

あたしは諦めて、キッチンの換気扇をフルパワーにしてベランダの窓を開ける。

揚げ物とかじゃないのが、唯一の救いかな。

「心配しなくても大丈夫だよ。ねえ、はるる？」

「そうだよ！　ジュースとお菓子と、焼きそばと焼き鳥だけじゃなくて、消臭剤も買い込んできたから！　出来るオンナだよねえ、ウチら」

「配慮の方向性がおかしくない？　ふぅ……別に怒ってないから、いいって。いや、怒ってはいるけど、諦めたっていうか。叫んだせいで何だかお腹空《なかす》いちゃった」

ソファに腰かけたあたしの前に、山盛りの焼きそばとコーラが差し出される。

バカ二人がすごく楽しそうに、そんなことをしてくるから。

何だかんだで、いつも許しちゃう。そんなあたしも大概、甘いしバカかも。

お箸を手に取って、冬子が両手で捧《ささ》げている焼きそばを一口食べる。

それから空いた手で、はるるが注《つ》いでくれたコーラを一気飲み。

「うん……おいしすぎる。二人もそんな手下みたいな格好していないで、早く食べなよ。冷めたらおいしくないよ？　ふふっ」

あたしの言葉に二人は顔を見合わせて、嬉《うれ》しそうに頷《うなず》き合う。

「渚！　こっちの焼き鳥もおいしいから、お腹いっぱい食べて！」

「ナギ！　喉渇いたら言ってね？　おかわりはウチが注《つ》いであげるから！」

全くもう……本当にバカ。バカすぎるよね、あたしたち。

きっと食べているものなんて、三人一緒なら何でもおいしく感じちゃうと思う。

それくらい、あたしたちは浮かれている。

やっぱり、一人じゃないってすごく楽しい。


食事の後は、はるるが持参したテレビゲームを満喫した。

あたしの家には無いもの……というか、人生でほぼ初めての体験だったから、すごく新鮮で面白かった。

小さい頃に病室で、携帯ゲーム機とかで遊んだような気もするけど、昔の記憶は殆《ほとん》どが曖昧だから、もしかしたら夢だったかもしれない。

そうだ。あの頃のあたしからしたら、夢のような毎日。

どうしよう。すごく、幸せだ。

こんなに普通のことをたくさん経験出来て、気を抜いたら泣いちゃいそうなくらい。

「さて、それじゃあゲームも一区切りついたところで！」

夜が深さを増していくなかで、突然冬子《ふゆこ》が手を叩《たた》き、お泊り会を進行させる。

「ワクワクドキドキなお風呂イベント、済ませようか……？　ふ、ふへへっ」

「あ、無理。拒否する。はるると一緒ならいいけど、冬子とは本能が拒絶しているから、ごめんね」

「な、なんで!?　お泊り会の定番じゃないか！　女の子同士でお風呂に入って、じゃれあって、互いの胸を触って比べ合うとか！　僕の夢だったのに！」

「将来大人になったら、お金を払ってそういうお店で叶《かな》えてね。はるる、一緒に入ろうか？」

「うん！　ナギとのお風呂、すごく楽しみ！　中から玩具《おもちゃ》が出てくる入浴剤使いたい！」

純粋なギャルと、邪悪な王子様。どっちと一緒に入るかって言ったら、一択だ。

すると、拒絶された王子様が小さく洟《はな》を啜《すす》る。

「……ぐすっ。いつも、こうやって僕は二人から除《の》け者《もの》にされる。僕は二人が大好きで、二人のためなら命も捨てられるのに。損な役回りで、本当に辛《つら》い……う、ううっ」

　両手で顔を覆って、嗚咽《おえつ》を漏らす冬子。え？　これ、ガチ泣き？

「渚《なぎさ》が恥ずかしがりながら脱衣する様子とか、一緒にお風呂に入って胸を揉《も》まれて怒るところとか、濡《ぬ》れた横顔を見て僕の胸がときめくとか……僕の夢は！　全部、叶わないっ！」

「あ、あのね？　冬子？　そのキモい夢はともかく……そんなに泣かないでよ、もうっ。何もしないって約束してくれるなら、お、お風呂くらい一緒に入ってあげるから！」

「ひゃっほぉ！　ありがとう！　じゃあ早速、お風呂場に行こうか！　最高！」

「嘘《うそ》泣きだった！　言質を取られた！　満面の笑みだ！　最悪すぎる！」

「ナギ。ここは空気を読んで、ウチは後で入ろうか？」

「何で!?　空気を読むならむしろあたしを守ってよ！」

結局、あたしたちは三人でお風呂に入った。

服を脱ぐ時や、身体《からだ》を洗う時、湯船に浸《つ》かっている時に色々あったけど……。

それはもう、全部省略する。

結構すごいことをされたけど、誰が何と言おうとお風呂場での出来事は内緒だ。


それから、あっという間に夜は過ぎていく。

お風呂上りにはパジャマのお披露目《ひろめ》会があったのだけど、嬉《うれ》しいことにはるるがあたしのために、わざわざ新品のパジャマをプレゼントしてくれた。

モコモコのルームウェアにショートパンツで、すごく動きやすい。

ちなみに、はるる本人は猫の着ぐるみパジャマ。冬子《ふゆこ》は全く色気のない、中学時代のジャージにTシャツと、三人とも個性全開な感じで楽しい。

ベッドとソファがあるにもかかわらず、わざわざ床に敷いた布団の上で駄弁《だべ》っていたあたしたちは、気付いたら寝てしまって——。

「……ん。あ、そっか」

真夜中に目が覚めると、何故《なぜ》だかベッドにはるると二人で横になっていた。さっきまで、三人で寝転がっていた布団の上には、誰もいない。ベッドの隣にあるソファにも、冬子の姿が見えなくて。

ふと、気付く。ベランダに続く窓のカーテンが、少し開いていることに。

はるるを起こさないように、ゆっくりとベッドを抜け出してカーテンを開ける。

「こんなところで何しているの、冬子？」

窓を開けると、ベランダに置いてある小さな椅子に、冬子が腰かけていた。

「ああ、渚《なぎさ》。起こしちゃったかな？」

「ううん。あたし、眠りが浅いから。時々夜中に起きちゃうの。隣、いい？」

ベランダに出ると、少しだけ肌寒い。でも、耐えがたいほどじゃない。

もう少し経《た》てば、この寒さも終わる。夏を感じる暖かな風を纏《まと》っていくこの季節は、結構好きだったりする。

「僕も短時間睡眠を繰り返すタイプでさ。長くても三時間くらいで、一度目が覚めちゃう体質になっていて」

「そうなの？　ちゃんと寝ないと、お肌に悪いよ。冬子、せっかく綺麗《きれい》な顔をしているのにもったいないって」

「あはは。中学生の頃に、一度そういう訓練をしたら癖になっちゃって。あの頃は色々と残念な子だったから、僕。でも……目が覚めたのは、それだけじゃない」

「寝ている時に何かあったの？」

「夢を、見たのさ」

短く言って、冬子《ふゆこ》は空を眺めた。あたしもそれに倣う。

この季節はまだ、それほど星が綺麗《きれい》じゃない。

「渚《なぎさ》の柔らかい胸に顔を埋《うず》めて寝ていたら……わあ、顔が怖い。故意じゃないよ？　寝落ちしたから偶然だってば！」

「ふぅーん……それで？」

「心地良い心音を聞きながら、夢の中で誰かと話をしていた。少し生意気そうだけど、驚くほど美人な子で……だけど、僕の言葉は一切聞いてくれなくてさ」

冬子の話を聞いていくうちに、あたしは自らの胸に手を当てていた。

もしかして、あなたなの？

あたしの大切な友達と、お喋《しゃべ》りしたのは。

「何かを一方的に言われたけど、最終的には僕が頷《うなず》いた。目が覚めた時には全部忘れちゃったけど……夢を見たのは、すごく久しぶりだったから。驚いて」

「だからベランダで夜風に当たっていた、っていうわけね」

「そういうこと。寝ている二人をベッドに運んでから、ね。あのさ……渚」

「んー？　なに？　もじもじしちゃって。珍しい感じだ？」

「手を繋《つな》いじゃ……ダメ、かな」

それはいつもの軽口、あるいはセクハラだと思ったけど。

月光に照らされた冬子の横顔は、強い赤みを帯びていて。

僅かに潤んだその瞳を見て、冗談じゃないって分かった。

「うん、いいよ。冬子がそんなに真剣な顔しているの、初めて見たかも」

「そうかな？　僕はいつだって、君とはるるには真っすぐな気持ちをぶつけているよ」

冬子の白くて長い指が、あたしの手を握る。

少し温かい。でも、女の子らしくない、ちょっとだけ硬い指と手のひら。

きっとそれは、あたしの知らないところで……あたしと出会う前に、冬子が刻んできた人生の証《あかし》だ。

「あ、ちょっ……冬子、それは少しやりすぎじゃない？」

「どうして？　渚は僕が嫌いかい？　僕は渚が好きだから、こうしたい」

「それを言われたら、断れないじゃん……」

次第にあたしたちの指は、恋人同士がするように絡み合う。

「あはは。こういうのって、男の子とするものだと思っていたのに……あっ」

気付けば、冬子はあたしと向き合っていて。

そして空いている方の腕で、あたしの背中に手を回して……優しく、抱き寄せた。

「ふゆ、こ……？　そんなに、怖い夢だったの？」

「渚《なぎさ》。僕の勘はね、とてもよく当たるのさ。それこそ、はるるの『味覚』みたいに。予感したことが現実になる。もちろん、外れることもあるけれど」

繋《つな》いだ冬子《ふゆこ》の指に、回した腕に、少しだけ力が入る。

「多分、君は将来……僕らとは違う道を行く。渚にしか出来ないことを、渚だからこそ出来ることを、きっとやらなきゃいけない日が来る。そんな気がする」

「将来、って……卒業した後のこと？　違う道って、進路が？」

「いいや、もっと大きなものだよ。君と出会った時から、僕は夏凪《なつなぎ》渚に対してそんな予感を抱いていた。そしてその予感は、日々大きくなるばかりさ」

ドクン、ドクンと。

あたしの心臓が刻むリズムが、早くなっていく。

「だけどね、渚。君が『何者か』になっても、僕たちは友達だ。僕は君のためなら、命も惜しくない。だから僕は君を支える。たとえ世界中の正義や悪意の全てを、敵にしても」

いつもふざけあっている、ただの友達だと思っていた。

そんな相手に、まるで告白みたいな台詞《せりふ》を聞かされて。

嬉《うれ》しさと、喜びと……ほんの少しの戸惑いと、寂しさがあった。

「何言っているの。あたしだって、冬子とはるるは……一生、大事な友達だよ。あたしだって世界を敵に回しても、二人にとっての味方であり続けるから！」

誰かがあたしたちのやりとりを見たら、青臭いと笑うかもしれない。

ただの女子高生たちが、何を勘違いしているのかと。

だけど、誰に何を思われて、何を言われようと構わない。

だってあたしたちは、本気でお互いを想《おも》い合っているから。

「ありがとう、渚。じゃあ、最後に……キス、してもいいかな？」

「はぁ!?　い、いや！　いやいや！　意味分からないから！　あたしたち、女の子同士だし！」

「考えが古いね。僕がキャラ付けで君を好きって言っていたと、そう思っていたのかな？」

「うん。ぶっちゃけ、そうだと思っていたけど？」

「わあ、普通に傷付く。でも、これは本心だよ。だから……ね？　目を閉じて欲しい」

え？　嘘《うそ》？　これ、本当にキスされる？

右手は繋がれているし、いつの間にか肩に手が回っているし。

あたしのファーストキス、冬子なの？　でも冬子は大切な友達だし、別にされてもいいとは思うけど……うわ、睫毛《まつげ》長い。肌綺麗《きれい》。顔が良すぎる、この女子！

「……そ、そんなに顔を近付けちゃ、だめだってばぁ、冬子……」

「照れないで、渚《なぎさ》。キスくらいで照れてどうするのさ」

「は、歯も磨いてないからダメだって！　んっ、くすぐったいよ……」

「いいよ。渚なら、どんなに汚れていても愛してあげる。だからこのまま身を委ねてくれれば……あっ」

すると、何かに気付いたらしい冬子《ふゆこ》が、あたしから慌てて離れた。

その視線の先、背後を確認すると……はるるが部屋からスマホのカメラをこちらに向けて、鼻息を荒くしながら、続きを促していた。

「早く！　ナギのキス顔チャンスだから！　早くチューーして！　わっふるわっふる！」

もう一人の友達の顔と、ふざけた台詞《せりふ》を聞いたあたしは、急に熱が冷めた。

危なかった。あと少しで、本当にシテしまうところだった……。

「ねえ、冬子」

「おや、何かな？　続きをご所望とか？　あはは」

「あんたはしばらくそこで、興奮を鎮めていて」

素早く部屋に入り、あたしは窓をロックしてカーテンを閉めた。

しばらく外から何か声がしていたけど、あたしとはるるがもう一度寝る準備をする頃には、すっかりと静かになっていた。

「いいの？　ナギ？　今日はお外冷えるよ？」

「だからあと三十分くらいしたら入れてあげる。ていうか、わっふるわっふるって何？」

「古《いにしえ》のオタクがエロい展開の先を促すときに使う呪文だよ！」

「そっかぁ。じゃあ、歯を磨いて寝る準備しようね？」

それから宣言通り、あたしは三十分後に冬子《ふゆこ》を招き入れて、あたしがソファ、はるがベッド、冬子が床の布団を使って寝入った。

それから朝起きて、三人並んで顔を洗って、お揃《そろ》いの朝食を摂《と》る。

翌日も普通に学校があるのにお泊り会なんて、仲良すぎでしょ、あたしたち。

きっと今日からは、三人でまた一緒に青春を送れる。

だから早く、あの不気味な事件の幕が閉じて欲しい。


「嘘《うそ》、でしょ……」

学校に到着すると、担任の蜂巣《はちす》先生が信じられないことをあたしたちに告げる。

「昨日も被害者が出てしまってぇ、本日も補習がある生徒以外は、午後授業の後で即帰宅となりますよー。警察が来て校内は施錠されるので、残らないようにお願いしますねぇ」

その甘ったるい口調とは裏腹に、並べられた事実はとてもショッキングで。

ホームルームが終わり、あっという間に全ての授業が終わるまでの間。

あたしの胸はざわついていた。

何だろう。

これ、すごく良くないことが起きそうな気がする。

心臓の動きが速くなっていく。まるで全力疾走した後みたいに。

でも、呼吸は辛《つら》くない。だからこれは、幻覚なのかもしれない。

ねえ、何を伝えたいの？　教えてよ。

一体《あなた》は、あたしにどうして欲しいの——？

「……さ、渚《なぎさ》ってば！」

「え？　ふ、冬子？」

あたしの思考は、いつもと変わらぬ笑顔の友達によって中断される。

「どうしたの？　ボーッとして。もう帰りの時間だよ。ただし、夏冬コンビだけね」

冬子が笑いながら指差した先では、はるるが苦い顔で教科書とノートを持っていた。

「ウチはこの後、夜まで補習ラッシュぅ……」

「あれ？　はるるって、別に成績は悪くないよね？　何で？」

「そうなの！　全部提出物の不備ぃ！　英語やった後に、蜂巣先生の地獄数学！　帰るのは終電になるよぉ、これ……」

「いや、そんなにやらないでしょ。あんた、宿題とかノート提出よく忘れるからね……」

「逆に言うと僕みたいな劣等生でも、ノート提出さえしておけば補習はないっていうね。厳しいのか甘いのか、よく分からない学校だよ。ここは」

ちなみに、補習が無くてもテストで成績が悪ければ追試はある。

冬子《ふゆこ》は二年の学年末テストで、家庭科も含めて全て追試だった。

「フユ。三年になったわけだし、次の中間テストは追試避けなよー？」

「あはは。補習送りの劣等生が何か言っているようだけど、聞こえないなあ！」

「教科書の角で殴るよ？　まあそんな感じだから、二人は先に帰っていいよ。ていうか、帰らないとダメだしさ」

今朝のホームルームで言われたように、補習が無い生徒は居残り出来ない。

保健室も図書室も、全部閉鎖されているはずだ。

「そうだね。じゃあまた明日ね、はるる」

「うん！　帰ったら二人で一緒に通話しようね！」

「もう僕は突っ込まないからね？　何なら、勝手にグループ通話に入るからね？」

それからあたしと冬子は、二人で駅前のカフェに向かった。

何となくこのまま帰る気分にはならなかったからだ。

「今日はずっと上の空だったね、渚《なぎさ》」

向かい合ってテラス席に座ると、目の前の冬子がストローを弄《いじ》りながら言う。

「そ、そうかな？　別に普段通りだったけど」

「そうだよ。普段通りだったら、僕にもっと突っ込んでくれるのに。お昼なんか酷《ひど》かったよ。迫真のボケもセクハラもスルーされて、具合が悪いのかなってさ」

「あたしの健康状態、あんたへのツッコミ頻度で分かるの？」

「もちろん。だって僕たちは、渚の親友だからね」

ここには居ないはるるのことも含めてから微笑《ほほえ》むの、本当にずるい。

自分一人で抱え込んでいる必要もないし、ちょっと色々喋《しゃべ》ってみようかな。

「……何だかね、胸騒ぎがするの。朝からずっと、事件のことで。ちょっと考えるだけで、思考が止まらない。感情がずっと、揺れ動くの」

「校内の流血事件程度で？　確かに君は優しいから、ショックを受けるのも分かるけど」

「違うの」

確かにショックもあると思う。でも、この胸騒ぎはそれだけが理由じゃない。

あたしは、あたしたち高校生の青春を奪う誰かに、激しく怒っているのだ。

「あたしはどこの誰が、一体なんのためにこの事件を起こしているのか知りたいの。だってあたしは、《探偵代行》だよ？　だからあたしは……この謎の答えを見つけたい！」

この感情が優しさだと笑われても、それでもいい。

どこかで誰かの日常が傷付いているなら、あたしだって力になりたい！

それが同じ高校に通う人たちなら、なおさらだ。

心愛《ここあ》ちゃんや読子《よみこ》のように、自分が見える範囲の人たちのことを救ってあげたい。

「その感情に身を任せて不用意に首を突っ込む意味が分からないな。時として、それは猛毒となって渚《なぎさ》自身を蝕《むしば》むことになるよ」

冬子《ふゆこ》の冷静な言葉に、ほんの少しだけ熱が冷めるけど。

あたしの思いは、いや……。

この『激情』は、多分誰にも止められない――。

「いいよ。あたしがあたしの行動で、勝手に傷付くなら……それでいい」

「……あー、もう！」

すると、冬子は急に立ち上がって叫び出した。

「本当に君は愚かだよ！　優しすぎるし、甘すぎる！　ついでに可愛《かわい》すぎる！　自己犠牲精神に満ちていて、危なっかしくて仕方ない！　惚《ほ》れた男のために命を捨てるタイプだ！」

「え？　ええ？　ええ……？」

「だから君は、誰かに手を取ってもらう必要がある！　それは僕じゃなくてもいいし、他の誰かでもいい。信頼出来る相手に導いてもらわないと、どこかで派手に躓《つまず》くよ！」

一息に喋《しゃべ》り尽くして、それから冬子はあたしに向けて手を伸ばす。

「今は僕が、白浜《しらはま》冬子が……《探偵代行》の隣に立って、君を導こう。渚は一人じゃない。僕たち三人で一緒に、この謎を解こう」

あたしはその手を取って、大切な友達にお願いをする。

「だったら冬子――あたしの助手になってよ」

「お頼みとあれば――マイフレンド」

それからあたしたちは、この事件の概要を整理し始める。

「最初の被害者は一年生の女子。この子はあたしが見つけて、特に大きな怪我《けが》はなし。腕から血を流していたけど、それも少量」

「二人目から四人目までも、ほぼ同じだね。被害者は女子が三人、男子が一人。学年に規則性は無くて、ただし受けた被害は共通している。発生時刻は全て放課後」

変な事件だなって、ノートに書き記していると改めて思う。

それ以上の暴行はされていない。何が目的なのか、一切不明。

「……性別問わず血に固執しているのが、なんだか気持ち悪い。もしかしたら犯人は吸血鬼だったりして？　なんてね」

人の血を狙うとされる、西洋の怪異。まあ、被害者は吸血鬼の美貌と魅了に「落とされた」わけじゃなくて、首を絞められて意識を「落とされた」わけだけど。

「吸血鬼、か……」

「ん？　どうしたの、冬子《ふゆこ》？　そこが引っ掛かる？」

「いや、そんな都市伝説みたいな話を人から教わってね。まあアイツの言うことは殆《ほとん》ど戯言《たわごと》だろうし、それは無視するとして」

うーん。少し気になったけど、まあいいか。

「流血させることに、何か意味があるとか？　宗教的儀式とか、そういう目的のために」

「ああ、血はいらないけど『キューピッドさん』とかね。思春期の女子にはありがちだ。そういう漫画や小説も少なからずあるけど、それにしたって規模が大きすぎる」

スマホで適当にそういうものを検索してみるけど、該当するものはない。

「あたしとしては、オカルトの類ではないような気がする。吟味するように一日に一人、ウチの生徒が被害を受けているのには、明確な理由がありそう」

「同感だね。だけどそれが一体何なのか……僕らには皆目見当がつきそうにない」

それからしばらく、無言の時間が続く。

気付けばテラス席の上に広がる空は、憂鬱な鈍色《にびいろ》に染まっていて。

小さな雨粒がノートに落ちて、あたしたちは席を移動しようとする。

「おっ、っと」

パン、と。乾いた音が冬子の方から聞こえた。

「冬子？　どうしたの？」

「雨宿りついでに、僕にキスをしようとする悪い虫がいてね。紙ナプキンは、と……」

冬子は紙ナプキンで手のひらを拭い、雨宿りにきた虫を見せる。

蚊だ。季節的にもそろそろ、たくさん出てくる頃……あれ？

「ねえ、冬子。蚊が血を吸うには、理由があるよね」

「……種の存続と繁栄のため？　蚊にとって、血は栄養になるからね」

「うん。そしてあたしたち人間も、意図的にそうやって血を抜くことがある」

点が、浮かんでいく。頭の中に、映像と文字を伴って。

五月。保健室。

あたしとはるるには、出来ないこと。

冬子は出来るけど、しなかったこと。

殆どの生徒が、自主的に行っていること。

そしてそれを勧めた人物のこと。

繋《つな》がる点と、描かれていく線。

否定するにはあまりにも美しすぎる、一つの答えを示す線がこの謎を残酷に彩る。

「そうか、献血だ！　もしかして、被害者は全員……!?」

「うん。恐らく、学校献血をしていない生徒。二番目と三番目の被害者はあたしたちのクラスメイトだから知っているけど、二人は献血を希望していなかった」

「四人目の男子生徒は僕の知り合いだ。先端恐怖症で針を見るだけで失神する子でね。一年の頃からずっと、献血を拒否していた」

一人目の一年生女子は分からないけど。

それでも、うちの学校で献血をしていない生徒は一割弱。

この奇妙な共通項は、繋がりの薄い四人を結びつけるはず。

「つまり献血を受けていない生徒を、意図的に狙っている」

そして、この共通項はあたしたちにも当てはまる。

それはこの場にいない、東江《あがりえ》はるるも――。

「学校に戻ろう！　このままだと、はるるが危ない！」

「……っ。電話をしてみたけどダメだ、繋がらない。急ごう、渚《なぎさ》」

雨の中、あたしたちはカフェを飛び出して走り出す。

この事件の黒幕の顔が、どうしても脳裏から消えないままに。

学校へ到着すると、正門は開け放たれていた。

けど、昇降口や事務室に繋がる来賓用入り口、体育館からの連絡通路から校舎に続く扉など、校内へと続く全ての出入り口が封鎖されている。

「な、なんで……どうしよう、これじゃ中に入れない！」

「外から保健室に入ろう。合鍵を持っているから、それで侵入出来る」

「……どうやってそれを手に入れたか、聞かない方がいい？」

「保健委員長の女の子を口説き落として、複製したものを一本預かっているのさ。卒業するまでには返すよ」

「本当に女たらしね、あんた……いつか刺されそう」

でもそんな冬子《ふゆこ》のおかげで、あたしたちは校内に入ることが出来た。

保健室の中はとても静かだ。いや……学校全体が、静まり返っている。

「一体どうなっているの？　補習が終わったからって、先生たちも一斉に帰ったわけ？

警察が調査に来るっていう話だったのに」

「……渚、これ」

混乱しているあたしを尻目に、冬子があたしを手招きする。

冬子《ふゆこ》はデスクの引き出しから、分厚いファイルを取り出す。

その中には、ある情報が収納されていた。

「全校生徒の、健康診断の記録？」

「献血記録も記載されているね。それにこの付箋、見て」

付箋を辿《たど》ると、在学中に一度も献血を受けていない生徒たちに繋《つな》がった。

四人の被害者の他、何人かの生徒たち。

あたしと冬子も例外じゃなく、付箋が貼られている。それは、はるるも同じ。

「既に唾を付けられていた、というわけだね」

冬子は小さく舌打ちをして、ファイルを閉じる。

そのまま保健室を出て行こうとする背中に、あたしは尋ねた。

「ねえ、冬子。これがここにあるっていうことは……そういうこと、だよね」

あたしの言葉に、返事はない。

「献血経験の有無を確認出来て、不自然なタイミングでこの学校に赴任してきた。あたしたちに献血を勧めてきて……いつも優しくしてくれた、あの人が」

あたしたち三人に春夏冬《あきなし》の名を与えてくれた、保健の先生。

空木暦《うつぎこよみ》。

彼女が、今回の事件の犯人。

あたしの推理に、冬子は困ったように顔を背ける。

否定して欲しかった。あたしの助手なら、あたしを助けて欲しかったのに。

どうやら、彼女もあたしと同じ考えみたい。

「渚《なぎさ》、それは」

「正解とも言えるし、不正解とも言えますわね」

聞き慣れた声。下手なお嬢様言葉。

あたしたちが顔を向けた先、保健室の入り口に……いつの間にか、暦先生が立っていた。

「暦先生！　もしかして、あなたが今回の……」

「犯人。そう言いたいなら、それは不正解ですわ」

暦先生はあたしたちに近付きながら、話を続ける。

「ですが、今回の事件の関係者という推理であるならば、正解です」

「暦先生、近付かないでください」

冬子はあたしの前に立って、冷たい声で暦先生を威嚇する。

「あなたが僕らの敵で、渚とはるるを傷付けるなら……僕はあなたを壊すことを、躊躇《ちゅうちょ》しない。だから、答えをください」

「白浜《しらはま》さんが望む答え、とは？」

「あなたが僕らの味方か、そうでないか。それだけだ」

立ち止まった暦《こよみ》先生は、しばらく口を閉ざしたままだった。

けど、すぐにいつもの優しい笑みを浮かべてくれた。

「ええ、私はあなたたちの味方です。ごめんなさいね、色々と紛らわしくて」

良かった。暦先生は、あたしたちの味方だった。

大好きな先生が敵じゃなくて、あたしは思わず安堵《あんど》するけど、冬子《ふゆこ》はまだ緊張したままだ。

「……あなたが僕らの味方だと、証明できますか？」

「ふふっ、そうですわね。では、よく考えてごらんなさい。私が敵であれば、保健室に入って来たお二人を、即座に襲っていたとは思いませんか？」

暦先生は体調不良者が使うベッドを指差し、続ける。

「そこに居た私に、あなたたち二人は一切気付かなかった。気付けなかった、というのが正しいですわね。ここが命のやりとりをする場だったら……どうなっていたでしょう？」

そこまで言われて、ようやく冬子は警戒を解いた。

というか、ずっとそこに居たなんて。急に現れたと思ったのに、信じられない。

「暦先生、お願いです。あたしたちの友達を……助けてください！」

それでも、あたしは先生の事情なんかお構いなしに、深く頭を下げる。

「もちろんですわ。それが私の使命であり、先生としての責任ですから。今は複雑な話は省略させていただいてもよろしくて？」

「はい。全部終わったら、その時に聞きますから」

「夏凪《なつなぎ》さんは賢いですわね。時間を無駄にしないための決断を、即決できる。人を救う才能があります」

それでも、と。暦先生は白衣のポケットから何かの機械を取り出し、あたしたちに手渡しながら続けた。

「最低限のお話をしますと、今回の事件の犯人は私に恨みを持つ者。私の所属する組織と敵対する人物。東江《あがりえ》さんは、連中にとある理由で拉致された完全な被害者です」

「組織と、敵対する人物……？　暦先生は一体、何者なんですか？」

「強いて言うなら、正義の味方を補佐する人、というところです。全ては東江さんを助けた後にお話しすることを約束しますわ」

「……分かりました。ではその犯人とあたしたちの友達は、一体どこに？」

「校内を完全封鎖したので、まだどこかに居るはずです。二人は校内の西側を探索し、犯人を見つけたらその無線機で連絡してください。すぐに私が飛んでいきますわ」

今はとにかく時間が惜しい。

あたしと冬子《ふゆこ》は先生にお礼を言って、保健室を出て行こうとした。

「夏凪《なつなぎ》さん、白浜《しらはま》さん」

けど、暦《こよみ》先生の申し訳なさそうな声を聞いて、足を止める。

「ごめんなさい。大人の事情に子供を巻き込んでしまって、お恥ずかしい限りです。東江《あがりえ》さんは何があっても私が助けますから、絶対に無茶《むちゃ》は……しないでくださいね」

「謝る必要はないですよ、暦先生」

「え？　ど、どうしてですか？」

「だって、先生はあたしたちの青春を守ろうとしてくれているから。あたしたちにとって正義の味方なのに、そんな暗い顔をしないでください。それじゃあ、行ってきます！」

返事を待たずに、あたしと冬子は薄暗い廊下に飛び出す。

校内は不気味なほどに静まり返っていて、非常灯を除く照明全てが消されている。

職員室や事務室のような、いつもは誰かが居るはずの場所すら真っ暗だ。

まるでこの学校だけが、日常から切り取られてしまったかのような違和感。

「不気味……何で、あたしたち以外誰も居ないの？　こんなの、ありえない」

「犯人か、あるいは暦先生が何かをしたのかもね。足元に気を付けて急ごう、渚《なぎさ》」

早く。一歩でも先に進み、一秒でも早く、一人の女の子を見つけ出してあげたい。

怖い目や痛い目に遭っていないことを、ただひたすら祈る。

あの明るい笑顔を思い出そうとすると、ずきずきと胸が痛みだす。

あたしたちの友達を襲った犯人を、あたしは絶対に許せない——。

「ねえ、渚。もしも犯人を見つけて交戦することになったら、僕に任せてくれないか？」

隣を走る冬子が、突然そんな提案をしてくる。

「ダメ。そんな危険なこと、冬子だけに任せるわけにはいかない！」

「大丈夫。僕は少し、護身術と体術には自信があるから。いざとなったら、これもある」

冬子はカーディガンを開き、ある物を見せた。

あたしは思わず変な声が出そうになるけど、冬子なら大丈夫だと思ったから。

「うん……分かった。でも、本当に無理はしないで。犯人を見つけても、争うよりも暦先生を呼ぶのが最優先だから」

「もちろんだよ。それにもう一つお願いがある。僕が合図をしたら、これを使って欲しい」

そう言って渡された小さな道具は、あたしには意味が分からなかったけど。

あたしはあたしの友達を、信頼するだけだ。

「任せて。上手《うま》くやってみせるから！」

「ありがとう、渚。それじゃあ、僕らの友達を迎えに行こう！」


ひたすら、走った。

走っては、教室の前で止まって。それを何度も、何度も繰り返す。
校舎西側の殆《ほとん》ど全てを探索し終えて、あたしたちは最後の場所へ向かう。
最上階。その最奥にある、音楽室に。
「ここが最後、だね」
そう言って冬子《ふゆこ》はあたしの顔を見て、音楽室の扉を開ける。
どうかここに居ますように。
お願い、はるる。
あたしたちと一緒に、仲良く並んで帰ろうよ――。
「……っ!?」
だけど、深い闇を纏《まと》う音楽室に居たのは、あたしたちの友達じゃなかった。
特殊な形状のガスマスクを装着した、パンツスーツ姿の女。
敵だ。
あれがあたしたちの青春を奪った、犯人だ。
直感したあたしは無線機で声を送ろうとした。けれど。
「うっ、ああ……！」
あたしが手に握っていた無線機に、短いナイフが突き刺さる。
一目で壊れたと分かる無線機を手放す。どうやら刃先は手のひらを貫かなかったみたいだけど、手の内側が少し切れたみたいで、鋭い痛みが走る。

「渚《なぎさ》、大丈夫⁉」

冬子は慌ててハンカチを取り出し、傷口に巻いて保護してくれた。

これくらいの痛みも血も、問題ない。それよりも。

「ちょっと切れただけだし、あたしは平気。でも、無線機が……！」

これで暦《こよみ》先生を呼ぶことは出来なくなった。

ナイフを投擲《とうてき》した犯人は、どこから取り出したのか、また新しいナイフをクルクルと手の中で回しながらあたしたちの様子を窺《うかが》う。

「誰かと思ったら、夏凪《なつなぎ》さんと白浜《しらはま》さんじゃないですかぁ」

くぐもった声。マスクの中で反響するその声に、あたしは聞き覚えがあった。

いや、あたしたちの学年なら誰もが知っているはずだ。

甘ったるい口調に、媚《こ》びたような声を出す、あの数学教師を。

「まさか……あなたが犯人だったなんて。蜂巣《はちす》先生」

その名を口にすると、女は……蜂巣先生は、ガスマスクを外す。

普段と同じ顔のはずなのに、今の彼女はとても不気味に見えた。

「あらあら、バレてしまいましたかぁ……なんて、このバカみたいな口調もいらないな。お前らのようなガキに正体が露見したところで、何の問題もない」

口調が変わっただけなのに、目の前の女が蜂巣《はちす》先生とは全く違う雰囲気を放つ。

すごく、怖い。

あたしの本能が、逃げろって叫んでいる。

相手にしてはいけないって、胸の奥から叫び続けているような——。

「……どうして、はるるを狙ったの？　なんであたしの友達が、あんたみたいな奴《やつ》に誘拐されなきゃいけないの!?」

それでもあたしの足は向きを変えず、叫んでいた。

せめて正当な理由が欲しい。不当な理由で青春を奪われてたまるかって。

身代金目的とか、私怨とか。何でもいい。何かがあれば、納得出来るから。

「東江《あがりえ》はるるには、貴重な血が流れているからだ」

「どういう……こと？」

「何だ、お前ら？　あの忌々しい女と保健室で群れているくせに、何も知らされていないとは。私はお前らがあの女の部下だと警戒していたが……買い被《かぶ》りだったか」

「い、意味が分からないって！　説明しなさいよ！」

蜂巣は小さくため息を吐《つ》き、「いいだろう」と頷《うなず》く。

「東江の体内には、《還《かえ》り血》という特殊な血液が流れている。人の五感を異常発達させ、時には身体能力にも影響を及ぼす。人間という『種』そのものを変化させる血だ」

「どうしてそんなのが、はるるに……？」

「輸血だよ、渚《なぎさ》」

冬子《ふゆこ》の一言で、あたしは答えを見つける。

「あっ……！　はるるは、幼い頃に治療で輸血されているから」

「うん。多分だけど、その時に奴の言う《還り血》が体内に混ざったのかもしれない」

あたしたちの推理に、蜂巣は薄く笑う。

「正解だ。元々は私たちの組織が得るものを、誤ってあの少女が手に入れた。だから返してもらった。それだけだ」

「それだけの……理由で？」

「ああ。血液以外に目的はない。教員として忍び込み、あの女の隙を突いて献血リストを盗み見るのは苦労したが、奴も腕が落ちたな。私の変装を見破れないとは。くくっ」

暦《こよみ》先生を小馬鹿にするかのように笑い、蜂巣は一人で語り続ける。

「だが、《還り血》は実際に血を採取しなければ、その力が残っているかは分からない。総当たりも覚悟したが、たった四人で当たりを引けたのは、実に幸運だった」

事によっては蜂巣は、献血をしていない生徒全員を傷付けるつもりだった。

あまりの身勝手さに、あたしの胸中に嫌悪感が募っていく。

「私は校内に閉じ込められたが、《還り血》は既に輸送出来た。最後にあの女を殺して退場しようとしたが……まあ、その代わりがお前たちでも問題ないだろう」

「なに、それ」

「意味が分からないか？　お前たち二人の首を切って晒《さら》しておけば、時間稼ぎくらいにはなる。私はその間にこの街から――」

「違う！　あんたみたいなクズのこれからなんて、どうでもいいっ！」

人とちょっとだけ、違う血が流れているから。

それはほんの少しだけ、残酷な運命のせいでそうなっただけなのに。

あの子が生きるために得た血を、そんな身勝手な理由で。

「許せない」

たくさんの人を巻き込み、怖がらせたことも。

実際に血を流し、苦しんだ生徒がいることも。

そして何より、あたしたちの青春を奪ったことも――。

「その全部を、あたしは絶対に許さない！」

胸の奥が熱い。違う。胸だけじゃない。

まるで内側から、炎が燃え滾《たぎ》っているみたいだ。

思考も、心も。その全てが、この感情を突き動かすための燃料になる。

「もうあたしは、『我慢』できない」

あたしの激情が、加速する。

目の前の現実を変えろ。

まるでそう叫んでいるみたいに、心臓が熱くなっていく。

激情のままに一歩踏み出そうとした、その時だった。

「えっ」

自分でも何が起きたか分からない。気付けばあたしは、音楽室の床の上に全身を打ち付けていた。

「渚《なぎさ》、どうしたの⁉」

あたしを抱き起こしてくれる冬子《ふゆこ》の声が、曇って聞こえる。

それだけじゃない。その顔も、匂いも、五感全てにフィルターがかかっているみたい。

身体《からだ》と意識がふわふわと、綺麗《きれい》に分離しているような錯覚。

「何なの、これ……」

「即効性の神経毒だ」

邪《よこしま》な声音で答えを返したのは、蜂巣《はちす》だ。

「私のナイフには全て特性の毒が塗ってある。貫通すれば即座に昏睡《こんすい》状態に陥る猛毒だ。僅かに手の薄皮を裂いた程度でも、しばらくは身体と意識の自由を失うだろう」

「……女子高生相手に、なんて悪趣味な奴《やつ》だ」

憎悪と怒りを込めて吐き捨てる冬子《ふゆこ》に、だけど蜂巣《はちす》は鼻を鳴らす。

「ここは既に楽しい授業をする場所ではなく、命のやりとりをする場所だ。それに私は、弱者を拷問するのが大好きでな。意識を残したまま動けないなら、好都合だ」

口元を大きく歪《ゆが》ませ、純粋な悪意だけで彩られた笑みが、あたしに向けられる。

「その命、じっくりと削り取ってやろう」

悔しい。悔しい。悔しい。

何もできないことが。この場所で、弱者以外の何者でもない自分自身が。

だけど身体《からだ》は動かない。それどころか、あたしの意識はどんどん薄れていく。

嫌だ、嫌だよ。

あたしはこんなところで、まだ眠るわけにはいかないのに――。


「渚《なぎさ》。ここから先は僕に任せて欲しい」

遠のいていく意識を繋《つな》ぎとめる、優しくて強い声。

冬子。あたしのことを支えてくれる、大切な友達。でも、だからこそ。

「ダメ、だよ……冬子。あんた一人に、あんな奴《やつ》を任せるわけには」

「大丈夫だよ。僕もアイツを許せない。だから、久しぶりに本気を出そうと思う」

「本気、って……？」

「渚にはあんまり見せられない、僕の汚れている部分さ」

冬子はあたしを壁際に移動させて、制服のセーターを膝にかけてくれる。

その温《ぬく》もりに安堵感《あんどかん》が広がる。大好きな匂いと、温かさ。

「ねえ、渚。一つだけお願いしてもいいかな？」

髪をかき上げて、目の前の敵を睨《にら》むその横顔。

本当に王子様みたいで、格好《かっこ》いいよ。そう褒めてあげたいけど、今のあたしには頷《うなず》くのもやっとで。

「どうか僕に、あの害虫をぶっ潰せって、命令してほしい。大好きな君にお願いされたら、きっと僕はいつもの何十倍もの力が出せるはずだからさ！」

誰かの応援で、誰かの言葉で、身体能力が上がるわけがない。

そんな冷めたことを言う大人も、居るかもしれない。

だけどあたしたちなら、それが出来ると思った。

どうして、って？　その理由は分からない。

だけどあたしの心が「いけ」って、叫んだから。

全身を床にぶつけた痛みで壊れそうな身体を起こそう。壊れたって、別にいい。

痺《しび》れるような疼痛《とうつう》から逃げるために、眠りそうな頭を強く振って。

明日には喉が嗄《か》れちゃう覚悟で、大きな声を絞り出す。

「冬子《ふゆこ》！　あの女を倒して！　あたしたちの青春を……守って——!!」

そう叫んだ時に……音楽室の窓に映るあたしの顔、その瞳が——。

一瞬だけ、赤く光ったような気がしたけど。


すぐにあたしの意識は、最後に確かな声を聞いて闇に沈む——。

「ありがとう、渚《なぎさ》。ここから先は《探偵代行》じゃなく、助手の仕事だ」

◆◆◆　白浜《しらはま》冬子の戦い

不思議だ。大好きな渚にお願いされただけで、身体《からだ》の調子がすごくいい。

まるで宙を舞う羽。花を渡る蝶《ちょう》。あるいは、空に浮かぶ雲のように。

一歩が軽い。動作が速い。僕は自分が思っている以上に、ドMだったのかな？

「寝かしつけは終わったか？」

感慨に耽《ふけ》っていると、耳障りな声が邪魔をする。

ああ、うるさい。夏の夜に耳元を飛ぶ蚊みたいな声。

「たかが女子高生ごときが、私を殺せると思っているならお笑いだな？」

蜂巣《はちす》は間合いに入った僕に対して、毒が塗られたナイフを構え直す。

短い刃先は、よく手入れされている。刺されたら大出血間違いなしだ。

「勝てない。殺せない。そう言って謝ったら、お前は僕たちを許すのか？」

「許した上で負かして、殺す。個人的な温情はあっても、恩赦は無い。相手が幼児や芋虫であっても、殺しの場に限っては全ての命が等価値だ」

「嫌いだな、その思想。救える命は全て等しく救うべきだろう？　まあ、いいさ。僕は過去に、もっと優しくない女に色々と教えてもらったから……ね！」

左足を軸に、蜂巣の脇腹を思いっきり蹴り抜く。

伸びた脚。しかし、そのつま先や甲に感触は一切無い。

なるほど、バックステップで回避されたらしい。

「女子高生相手に、大袈裟《おおげさ》な逃げ方だね！　ダサすぎだよ！」

「安い挑発だな。その蹴りを食らったら、鍛え抜いた男ですら悶絶《もんぜつ》するだろう。いい体幹と鍛え方をしているが、無駄なことだ」

一瞬、ほんの僅かな瞬《まばた》きの時。僕が与えたコンマ数秒以下の猶予。

その隙を、蜂巣は見逃さない。

人とは思えぬ速度で再び間合いを詰め、右手のナイフで僕の顔を刺突する。

「……っ！」

疾風。空を裂く音に、本能が神経へ警鐘を鳴らす。

頬《ほお》が破れ、血に満ちた口内に、毒を帯びた鉄の塊が捻《ね》じ込まれる――。

そんな最悪の事態を避けるために、僕は必死に首だけを動かして刃先から逃れた。

「なるほど、若さゆえに反射神経も悪くない」

「敵を褒める余裕があるのかい？」

顔の横に伸びたナイフ。それを持つ手首を両手で掴《つか》み、力任せに引っ張る。

体勢を崩した蜂巣《はちす》の懐に潜り、そのまま背負い投げへと展開する。

投げの途中で手を放してやれば……蜂巣は背中から壁に激突するはずだった。

「甘いな」

しかし蜂巣は空中で強引に姿勢を変え、足から壁に張り付いた。

「猫も真っ青な動きだね。ていうか、人間をやめていない？」

「知りたければ、その身で確かめてみろ！」

そのまま壁を蹴り、跳躍。蜂巣は僕に飛び掛かってくるけど。

見える。その粗末な動きの軌道と、描かれる軌跡が。

普段なら避《よ》けるだけで精一杯かもしれないけど、渚《なぎさ》が与えてくれた言葉が……信頼が、
今の僕を進化させていた。

「が、あっ……!?」

たった半歩の回避行動。身体《からだ》を横に引き、足を空に向かって蹴り上げる。

それだけで、蜂巣の腹部に僕のつま先がめり込む。

グニャリと、肉が押される感触。バキバキと、骨が砕ける音。

異物感と破砕音。二つがつま先と耳に伝わって、すごく不快だ。

「うん、やっぱり人外みたいだね」

僕の上履きはつま先と中底に鉄板を仕込んでいる、オーダーメイドの安全靴だ。

そんなもので蹴られたら、大半の人間は即失神。最悪、絶命しかねない。

「ガキが！　ガキが、ガキごときが……！　この私に血を吐かせるか！」

速度を失って床に転がった蜂巣は、腹を抱えながらも余裕で立ち上がってくる。

傲慢と余裕に満ちた顔は、苦痛と憤怒に塗り替えられているけど。

痛みへの耐性があるという言葉で片付けるには、無理があるほどのタフネス。

あいつは確実に、『あっち側』の人間だ。

「白浜冬子《しらはまふゆこ》……まさかお前も、私たちの同類か？」

「いいや、言っただろう？　僕は優しくない女に色々教えてもらっただけだって。ケツと態度がでかい、赤髪の女にね」

「ふざけるな！　一般人に手ほどきを受けたくらいで、私に敵《かな》うわけがない！　お前は一体どこの組織の人間だ!?」

「あの女が一般人だったら、ね。まあ僕は強いて所属を言うなら、この学校の生徒かな？

あと、世界一可愛《かわい》い探偵代行の、助手一号」

「死ね！」

蜂巣《はちす》は再び、雑な動きでナイフを振りかざす。

前進し、横振り。安易な行動から幾度も展開される、刺突の乱舞。

バカだな。そんなの、当たるわけがないだろう？

殺しの動きをする時は始点だけを見せつけ、終点と挙動を隠し、相手の裏をかく。

敵の首を掻《か》っ切り、死に至らしめるためだけの技術。その基本だ。

「……もう二度と、あの日々のことは思い出したくなかったな」

でも、いいや。そのおかげで僕は、僕の大切な人を守れる。

「何故《なぜ》当たらない！　数えきれないほど『こちら側』の人間を殺《あや》めた私の技術が、どうして素人相手に通用しないっ!?」

「ああ。経験値だけならお前の方が上だろう。だけど、僕には才能があったらしい」

単調なリズムで回避を続けていくと、自然と過去を思い出していた。

中学時代にちょっと悪ガキだった僕は、とある事件を経て赤髪の女に捕まった。

『喜べ。お前を鍛えてアタシの部下にしてやる』

なんて、全く嬉《うれ》しくない言葉から始まったのは、最悪の日々。

訓練に次ぐ訓練。恐ろしい暴力と罵倒。本当に嫌だった。本当にね！

こんな才能がある自分を恨んだ。『世界』全てを敵にしようかと悩んだ。

自分の運命を呪い続けた毎日。

だけど、それがこの【今日】に繋《つな》がって、愛する渚《なぎさ》とはるるを守れるなら——。

「あの女にたっぷり虐《いじ》められて、可愛がってもらった甲斐《かい》が、あるってものさ！」

だから、この退屈な殺し合いを終わらせよう。

ナイフの軌道を見切り、固めた拳を蜂巣の顔面に叩《たた》き込む。

「ぶ、ぁ……っ!?」

予測出来なかった咄嗟《とっさ》の反撃に、蜂巣は怯《ひる》み、ナイフの動きが止まる。

その一撃で、鼻を折り。

続く一撃は、頬《ほお》を潰し。

三度目に繋がる一撃は嘘《フェイク》。蜂巣が防御姿勢を取ったのを見て、拳の代わりに再び回し蹴りを決め、肉と筋を越えて肝臓に破滅的な衝撃を与えた。けど。

「う、ぐっ、あ……！　クソ、クソ、クソが……っ！　こんな、こんなガキ相手にぃ！」

「まだ気を失わないタフさだけは認めるよ、蜂巣先生。いつも数学の補習で僕を虐めてくれたお礼をしないとね。あなたの作る問題、本当に嫌いだったよ」

攻防のジャンケンは、止《や》まない。
守る蜂巣《はちす》を、僕が崩す。崩され、逃げる蜂巣を僕が壊す。
繰り返されるそれには、運が介在する余地などない。
一方の圧倒的な暴力だけで構築される、ワンサイド・ゲーム。
どちらが『支配者』であり『敗者』なのか、理解した蜂巣の動きは鈍っていく。
「終わりにしよう」
きっと、僕一人だったらこうはならなかった。
渚《なぎさ》の応援が無かったら劣勢だったかもしれない。
本当に不思議な力だ。渚の声が、言葉が、僕の身体《からだ》の限界を忘れさせた。
僕は右手で拳を作り直し、ゆっくりと引く。
頑強な蜂巣を、一撃で沈ませられる場所を探ってみるけれど。
「まあ、どこでもいいか。だってこれは、僕のとっておきだから」
体幹の優れた僕だからこそ、最高の威力を発揮できる。
縦拳。引き絞った弓から放たれる矢に似た、右ストレート。
あの女にも褒められた、一撃必殺の技。
鳩尾《みぞおち》に拳をぶち込まれた蜂巣は、短い呼吸を漏らしてその場に崩れ落ちた。

僕も渚も、一切の傷なし。文句なしの、完全勝利だ。

◆◆◆

「う、っ……ふ、冬子《ふゆこ》？」

あたしの意識が戻ってくると、目の前には大好きな友達の笑顔が広がっていた。

「気分はどうかな、可愛《かわい》い眠り姫」

眠りに落ちる前と同じその顔に、あたしは混乱したけど。

音楽室の隅で倒れている蜂巣を見て、即座に理解した。

「やった……！　やったね、冬子！」

勝った。冬子が勝ってくれた！　あの女を、やっつけてくれた！

「すごいよ、冬子！　すごく格好《かっこ》いい！　大きな怪我《けが》とかしていないよね？」

思わず冬子に抱き着いちゃう。

今日は何だってしてあげたい！　冬子の喜ぶこと、全部！

「あはは。平気さ。渚こそ、身体は大丈夫？　おっぱい揉《も》む？」

「揉むほどないでしょ」

「揉めるくらいはあるよ!?　あはは。そのツッコミが出来るなら、大丈夫そうだね」

冬子《ふゆこ》に言われて気付いたけど、身体《からだ》はもう殆《ほとん》ど回復していた。

少しふらつくけど、それくらい。毒が本当に少量だったのかな？

病弱だったあたしにとって、嘘《うそ》みたいな回復力だ。

まるで、見えない誰かが不思議な力で治してくれたんじゃないかとすら思う。

「うん、平気みたい。ありがとう、王子様。なんてね。えへへ」

「ふふふ。もしかして渚《なぎさ》、僕に惚《ほ》れちゃったかな？」

「うん！　今ならキスもしてあげられるぐらいには！」

「す、ストレートな反応は困るよ……渚にそんなことを言われると、本当に照れる」

冬子は口元を手で小さく隠して、顔を背ける。

ガチで照れているし。乙女すぎるでしょ、この王子様。

「それに、全部渚のおかげだよ。君が応援してくれたから、いつもよりいい動きが出来たと思うから」

「えー？　そんなの関係あるかなあ？　それより、暦《こよみ》先生を呼ばないと。はるるがどこに行ったかも、探してもらわないと……きゃあっ！」

背後に誰かの気配を感じた時にはもう、遅すぎた。

視界の端に居たはずの、あの女が居なくなっている。

敗北して倒れているはずの、蜂巣《はちす》が復活し、あたしを拘束したのだ。

「油断したな、ガキが……！　私をコケにしやがって！　殺してやる！」

あたしの首に手を回し、蜂巣は反対の手でナイフを突きつける。

ああ、だめだ。このままだとあたし、本当に死――。

「その手を放せ、蜂巣」

恐怖から瞑《つぶ》っていた目を開くと、冬子が……銃を、構えていた。

映画や漫画で見る、小型のハンドガン。殺しに特化した、非合法な武器。

「おやおや、白浜《しらはま》？　そんな玩具《おもちゃ》を先生に突き付けて、いけない子だなぁ？」

蜂巣はわざとらしい嫌味《いやみ》な口調で、黙っている冬子を嘲る。

「見た目は限りなく本物に近いが、火薬と鉄の臭いが無い。実銃を用意できない人間が、コンビニ強盗で使うような代物だ。それで私を殺そうというのか？　実に愚かだな」

「本物かどうか、試してみるか？」

「頭の悪いガキだ。たとえ改造したエアガンだとして、私を殺すには至らない。どうだ？お前が良ければ、人質を代わるか？　ただし、たっぷりとお返しをしてやるぞ」

「代わらないよ」

「ほう？　お友達を見捨てるということか！　面白い！」

「見捨てない。この銃に込められた弾が、お前の眉間を貫く」

「……ならばこの女が死ぬ前に、試してみろぉ！」

大きく振り上げられたナイフが、あたしの胸を貫こうとする。

だけどあたしは、怖くない。

だって、冬子《ふゆこ》がいるから。

冬子は左手の人差し指を立てて、あたしに合図をする。

ここに来る前に渡された、あの道具を使えと。

「は、あぁっ……!?」

バン、と。耳を貫くような破裂音が室内に響く。

それだけじゃない。火薬の臭いが鼻腔《びこう》を掠《かす》め、銃から弾が放たれたと告げる。

しかし、それは錯覚だ。

破裂音と火薬の臭いは、あたしが握っている小さなクラッカーから出たもの。

スカートのポケットから取り出した、とっておきの切り札。

冬子の銃口からは、エアガン用の小さな弾が飛び出しただけ。

「プロだからこそ、見誤ったね」

たった一瞬の間隙を利用し、間合いを詰めた冬子が呟《つぶや》く。

一撃。強烈なアッパーを蜂巣《はちす》の顎に決めて、今度こそ戦いを終わらせた。

「銃を意識した後に、火薬の臭いと破裂音を察知。額に着弾を感じたら誤認もするさ。蟻《あり》相手でも得物を捨てない臆病さが、認識をおかしくさせたね。蜂巣先生」

蜂巣は地面に突っ伏して、今度こそ気絶したと思ったけど。
「って、まだ動けるのか……流石《さすが》にドン引きだよ」
ゆっくりと、最早《もはや》立つことも出来ないのに腹ばいで音楽室から逃げようとする。
何度も、人を陥れて。
何度も、人を殺そうとしたくせに。
それでも、自分だけは生きようとする。その身勝手さと、浅ましさ。
何もかもが罪深くて、邪悪なこの女が――。
「あたしはどうしても、許せない」
あたしはいつの間にか、壁際に置かれていたギターを手にしていた。
選択科目で音楽を選んだ生徒たちが使う道具。
ほどよく重くて、決して振り回すべき物じゃないけど。
今のあたしにとっては、唯一無二の武器になる。
「ひっ……や、やめろ。そんな物で、殴ったら」
蜂巣は怯《おび》えた目で、あたしの顔を見上げる。
さっきまで命のやりとりをしていたとは思えないほど、弱々しい声。
こんな奴《やつ》が、こんな奴に、あたしたちの大切な友達が奪われたなんて。
許せない。

許さない。

あんたみたいな汚い大人を――！

「あたしたちの大切でかけがえのない青春を邪魔するあんたは、倍殺しだから!!」

振り下ろしたギターは、大きな衝撃を受けて砕け散った。

部品が宙に散らばって、切れた弦が不協和音を奏でる。

蜂巣《はちす》の頭の上ではなく、僅かにずれた床の上で。

「オリジナルの脅し文句が最高にロックだね、渚《なぎさ》。蜂巣を見てみなよ」

冬子《ふゆこ》に促され、あたしは息を切らしながらギターの残骸を放り投げた後で、床の上で気絶している女を見下ろす。

「失神、しちゃった……？」

「死の恐怖に直面した人間は、まあこうなるよね。さて……その激情に任せた行動の結果として、はるるの居場所が分からなくなったけど」

「あ！　ご、ごめん！　ちゃんと尋問してからやるべきだったよね」

「大丈夫。単独犯じゃないのは、この女が自分で告白していたから」

冬子は蜂巣のスーツをまさぐり、中からスマホを見つける。

ロックはされておらず、すぐに協力者と連絡した痕跡を見つけることが出来た。

「ちょっと前に、はるるを拉致した報告がある。高速道路のサービスエリアで他の連中に引き渡す予定らしい」

「じゃあ、暦《こよみ》先生に連絡しないと！」

「うん、行こう……あ、あれ？　音楽室のドアが、ロックされているよ!?」

どうやら蜂巣《はちす》は、あたしたちを逃がすつもりは最初からなかったらしい。罠《わな》なのか、何らかの手段で音楽室のドアが固く閉ざされてしまっていた。

最上階だから窓から出る事も出来ないし、どうすれば……。

「お二人とも、ご無事ですか!?」

呆然《ぼうぜん》としていると、廊下側からドアが凄まじい勢いで蹴破られる。

暦先生だ。あたしたちを探していたらしい。

「暦先生！　あたしと冬子《ふゆこ》は大丈夫ですけど、はるるが！」

音楽室に入って来た暦先生は、気絶している蜂巣を見て、安堵《あんど》の息を漏らす。

蜂巣の両手に特殊な形状の手錠をかけて、それから優しく微笑《ほほえ》んだ。

「心配しなくても大丈夫ですわ。お二人が蜂巣と交戦してくれた一方で、私はしっかり、あなたたちのお友達を救いましたので」

「え!?　だ、だけど、はるるは車で拉致されたって……」

「ええ。学校の外で、彼女が車内に引き込まれた時……近くに居た男子高校生も巻き添えを食らったのですが、偶然にも彼が助けてくれたみたいでして」

「男子高校生……？」

「本人は名乗りもせず去っていったそうですが、おかげさまで私が到着した時には、はるるさんには怪我《けが》も無く、無事に助け出せましたの。ね？」

暦先生が音楽室の外に顔を向け、尋ねた先には。

あたしたちの大切な友達。春夏冬《あきなし》トリオの、春担当。

東江《あがりえ》はるるが、立っていた。

「はるる！」

あたしと冬子は両手を広げて、はるるが飛び込んでくるのを期待したけど。

だけど、はるるは立ち尽くしたまま。音楽室にすら入ってこない。

「ごめんね、二人とも」

何で、謝るの？

どうしてそんな辛《つら》そうな顔で、泣きそうな声で……あたしたちに喋《しゃべ》りかけるの？

「ウチのせいで二人を巻き込んじゃった。二人には関係ないことなのに……ううん、二人だけじゃない。他の生徒や、暦先生にまで迷惑をかけて」

今までに見たことのない、悲痛な面持ちに。

あたしと冬子《ふゆこ》は、動けないでいた。

「ウチの血、普通の人と違うんだって。蜂巣《はちす》が言っていた。お前みたいな異常者は、普通に青春を過ごしたらいけないんだ、って。だからウチは、普通の二人とはもう……」

「バカにしないでよ！」

自らあたしたちを拒絶するはるるに、あたしは叫ぶ。

「違うことなんて、ない！　たとえあんたの中に流れる血が、他の人とちょっと違っているからって、だから何？　そんなことで、あたしたちは……友達じゃなくなるって？」

あの可愛《かわい》い笑顔も。

時々見せる、無邪気なイタズラ心も。

セクシーで豊満な身体《からだ》も。魅力的な声も。

大好きなアニメや漫画のことを語る、楽しそうな顔も。

おいしそうに甘いお菓子を食べる姿も。

他人とはちょっと違う『血』と『味覚』だって。

その全てが、はるるを作るものなんだ！

普通の女子高生である、東江《あがりえ》はるるという女の子を！

「だからあたしは……あたしたちは、はるるが大好きだよ。ずっと一緒に居たい。明日も、明後日《あさって》も、大人になっても、お婆《ばあ》ちゃんになっても……ずっと、ずっと！」

これからも、ずっと友達でいたい。

友達でいてよ、はるる。

あたしが憧れて、ずっと欲しかった青春を。一緒に過ごして欲しい。

「渚《なぎさ》」

叫び終えたあたしの手を、冬子が握ってくれる。

あたしはその温度を感じて、二人で一緒に走り出した。

「……っ、あ」

そのまま二人で、一線を引いて立ち尽くす……大好きな友達に。

はるるに抱き着いて、何度も、何度も力強く抱きしめた。

「あたしは、はるるのことが大好き。はるるじゃなきゃ、ダメなの」

「僕も、はるるを愛しているよ。はるるだから、好きなんだ」

あたしたちの言葉を受けて、脱力していたはるるの手が、あたしと冬子の背中に伸びていく。

痛いほどの力が込められるけど、だけどそれは、愛《いと》しい痛みだった。

「ウチも……ウチも、二人が大好き。離れたくないよ。ずっと一緒に居たい……っ！」

力一杯抱きしめて、精一杯の愛を込めて。

あたしたちの『普通』の友達は、未来の予定を埋めていく。

「夏休みは、新しい水着を買って三人で海やプールに行きたいよ」

「いいよ。あたしが、最高に可愛《かわい》い水着をプレゼントする」

「文化祭は、三人一緒に可愛い衣装のメイド喫茶をやりたいよ」

「任せて。僕がメイド服を三着ほど徹夜で縫うから、三人でトリオルックだ」

「修学旅行は、夜のホテルを抜け出して、海の浜辺で語り合いたいよ」

「あたしは花火もしたいかな。先生に見つかって、怒られるのを覚悟で」

「クリスマスは、寂しい女三人組でタコパをやりたいよ」

「サンタさんが来ないなら、僕が聖夜に幸せをプレゼントするって約束する」

「卒業式は、互いのアルバムに落書きをし合って、一緒にごはんを食べに行きたいよ」

「うん。最後の制服姿で焼き肉を食べながら、あたしたちの青春を振り返ろう」

「こんなにわがままなウチの夢を、二人は一緒に全部叶《かな》えてくれるの……？」

涙と鼻水でぐしゃぐしゃになった顔と、震えている声に。

あたしと冬子《ふゆこ》は、当たり前の言葉を返してあげる。

「バカ。当然でしょ？　あたしたち三人で、全部やるに決まっているじゃん」

「うん、バカだよね。僕らは死ぬまでずっと、ベストフレンズなんだからさ」

返事を聞いて、はるるは泣き続けた。

「ずるい、ずるいよ。こんなに優しくされたら、もっと二人のことが好きになっちゃう。ナギ、フユ……これからも、ずっと友達だよ……！」

あたしも泣いていたし、冬子は冬子で、隣で何度も洟《はな》を啜《すす》っていた。

みんなでお揃《そろ》いの泣き顔を見せ合って、しばらくずっと抱き合っていたけど。

そんな今日という青春の一日にも、終わりは来る。

「さて、と。皆さん。もうとっくに完全下校時刻は過ぎていますから、保健室の窓からこっそりと帰るように。後は私が後片付けをしておきますから。ふふっ」

暦《こよみ》先生の言葉を受けて、あたしたちは手を繋《つな》いで夜の校舎を歩く。

横並びに女子が三人歩いていたら、他の生徒の迷惑かもしれないけど。

どうか今この瞬間だけは、許して欲しい。

だってあたしたち三人が、『女子高生』を謳歌《おうか》しているのだから。

「ねえ、この後三人でファミレス行かない？　お腹空《なかす》いちゃったから、山盛りのポテト食べたい！　あとハンバーグも！　シメのパフェも！」

「渚《なぎさ》は意外と大食いだよね。身体《からだ》は細いのに」

「あたしは《探偵代行》だからね。脳をよく使うから、三大欲求が他人より強めなの」

「マ!? ていうことは、残りの睡眠欲と性」

「黙れ、はるる。正確には食欲と睡眠欲の二つが旺盛なだけ！」

「ファミレスもいいけど、食後は三人でカラオケとかどうだい？　たまにはさ」

「あー！　フユ、それ最高！　ウチ、この前覚えた曲あるから歌いたい！　さふぁいあ！

二人とも知ってる？」

「え？　あたし、その曲知らない」

「ストリーミングもダウンロードもランキング一位獲《と》った曲だよ!?　ヤバいっしょ」

「流行に疎いよね、渚は。友達減るよ、そんな感じだと」

「へ、減らないでしょ！　それに減っても……ふ、二人がいればいいもん」

「渚は可愛《かわい》いなあ！」

「ナギは可愛いなあ！」

「あー、もう！　うっさい！　さっさと帰るよ！」


この三人なら、何だって楽しめる。どこにだって行けちゃう。

あたしたち三人が揃《そろ》えば夜の校舎だって、素敵な喋《しゃべ》り場だ。
あたしたちの青春は、これからもまだまだ続いていくと思う。
たとえ高校を卒業して、大学生になって、大人になっても、ずっと。
だけど、あともう少しだけ。私は……私たちは――。
まだ、女子高生でいたい！

幕間《まくあい》　嘘《うそ》と煙と、大人たち。

◆◆◆　空木暦《うつぎこよみ》の後片付け

私は三人の生徒たちの帰宅を見届けた後、学校の正門前へ向かいます。

既にこの件は通報済み。然《しか》るべき人物が処理を担当してくださるはずですが……うん、予想通りでしたわね。

「お疲れ様ですわ、刑事さん」

正門前に停《と》まっている覆面パトカーの横で、気怠《けだる》そうにタバコをふかしている女性に声をかけると、私の声を聞いた彼女は、もう殆《ほとん》ど葉っぱが燃焼しきったタバコを携帯灰皿に押し込みます。

「労《ねぎら》いの言葉をかけるくらいなら、最初からアタシを呼び出すような事態を起こすな」

「あら、怖い。そんなにイライラしていると、目尻のシワが増えますわよ？　肌というのは三十代になる前から、劣化していくものですから」

「お前の発言でこめかみの辺りにもシワが増えそうだ」

言葉通り苛《いら》ついた彼女は、胸ポケットに入れたくたびれた紙箱から、新しいタバコを取り出して火を点《つ》けます。

喫煙は髪も内臓も弱らせるのですが、それを口にしたら私の顔面に拳が飛んできそうなのでやめておきましょうか！

「空木《うつぎ》。一つ聞きたいことがある」

「何でしょう？　昨晩の食事はポテチ二袋と野菜ジュースという、野菜マシマシのとてもヘルシーなものでしたが？」

「お前がここに居るのに、何故《なぜ》《モスキート》の対処をあの二人に任せた？　答えろ」

モスキート。それは名前も顔も体型も変えて、蜂巣《はちす》先生を騙《かた》っていたあの女が、所属する組織で用いているコードネームのこと。

ふふふ。しかし、本当に怖い顔と声ですわね。

私のユニークな晩ごはんのことは、ガン無視。

その凍《い》てつくような視線と静かな怒気に満ちた声。幼子ならそれだけで気絶してしまいそう。

「単純なことです。未来ある若者に経験を積ませたかった。それだけですよ」

「……経験だと？」

「ええ。青い春を駆けていく彼女たちは、たくさんのことを学ぶべきですから」

挫折や後悔。失敗や失態。

出来ると思っていたことが出来ず、歩き慣れた道で躓《つまず》いて派手に転ぶ。

それを繰り返して、若者は大人になるのです。

「自分の知らないことを知る。数え切れない表と裏を見て、人は大人になるのです」

「それはお前が所属している組織の方針か？」

「いいえ。私はこの敷地内に居る限りは、保健室の先生ですから。そして大人として、子供を導くのが仕事です。しかし、あなた……」

「あ？　何が言いたい？」

「あなたにしては随分と過保護に見えますわよ。かつて拳とナイフで『こっち側』の存在を数え切れないほど殺してきたあなたにとって、そんなに白浜冬子《しらはまふゆこ》が大事ですか？」

私の言葉に彼女は、短く「ハッ」と吐き捨てながらタバコを押し消します。

「確かにあれは最高傑作だった。たかが二年ちょっとの指導で、人間が引き出せる限界、理論値ってやつを容易《たやす》く超えてきた。あれの身体能力は才能の塊だ」

「あなたが指導した他のエージェントよりも、ですか？」

「ああ。引けを取らないだろう。銃の扱いはクソだったが、近接格闘は異常と思えるくらいに最高だった。アタシですら経験の差が無ければ危ういほどに」

ただし、武器アリならアタシにとっては赤子同然だ。

と、付け加える彼女は実に大人らしくない。

「そこまで評価して、どうして白浜さんを手放したのですか？」

「言っただろう。身体能力は、と。あいつは救いようのないバカで、ロマンチストだった。アタシの下につく人間は非情で、冷酷で、現実主義者じゃないと務まらない」

「彼女はそうでなかった、と」

「お前も『こっち側』なら分かるはずだろう。取ってはいけない行動を選び、命を等しく救えると誤解している奴《やつ》はダメだ。反吐《へど》が出るほど優しくて甘い子供は、不要だ」

「ですね。そういう子は、命のやりとりをする場において簡単に死んでしまう」

つまりは落第生。才能があっても、進級は出来なかったわけですか。

彼女は車から微糖の甘い缶コーヒーを取り出し、一口啜《すす》る。

「だからこそ、お前があいつをモスキートと対峙《たいじ》させたことにムカついている。二人が殺されていたら、《還《かえ》り血》は連中の手に渡り、海を越えて世界に流出していただろう」

「そうなると、最終的にあなたの仕事も増えてしまいますわね」

「そうだ。だからムカついている」

「正義の執行者として、私の行動が気に入らなかったわけですね。ですが私は信じたのです。夏凪《なつなぎ》さんと、あなたが認めた白浜《しらはま》さんが……東江《あがりえ》さんを救うことを」

「ハッ。血と嘘《うそ》で汚れきったお前が、今になってそんな綺麗《きれい》ごとを口にするのか？」

「ですね。しかし今の私はロマンチストですから。反吐が出るほど甘くて優しいのです。あなたが啜っている、その缶コーヒーのように」

　私が指差すと、彼女は不快そうな顔で「ブラックが売り切れていただけだ」と反論します。あら、可愛《かわい》い。

「《還り血》は人間の生物強度を高める。適合者が血を得れば、身体能力や頭脳までも、何もかもが人類の範疇《はんちゅう》を逸脱する。特に、今はそういうものを欲する奴が居るからな」

「あなたたちが《種》と、呼んでいるものですわね」

「やっぱり知っていたか、クソ女。お前らの組織は覗《のぞ》き見が好きな下衆《げす》が多くて不愉快だ」

「あら、誤解なさらぬよう。確かに情報収集は得意ですが、しかし《種》については私たちの組織が一度、そちらから協力を打診されたのですわよ」

「……なんだと？」

「あなたたちの中で《種》を担当していた者が倒れ、しばらく宙ぶらりんになっていたそうじゃないですか。あの黒い服を着た方々が、私の上司とお話をしていたようです」

「チッ……まさか上の連中が、お前ら《仲介協会》に声をかけていたとは」

　仲介協会。

　それは私が所属する組織の名で、『こっち側』の人間を処するのが主な仕事。

　世界の調和を保つ方々が多忙な時は、うちのようなところに声がかかるわけですね。

「正義のヒーローだって、恋人と身体《からだ》を重ねる時間もあれば、映画館でポップコーン片手に笑う時間もあるでしょう。ですが彼らが快楽や余暇を楽しむ瞬間にも、路地裏で暴力と悪意をぶつけられている人々が居る。私たちがその隙間時間を補ってあげているのですよ」

「アタシたちは世界の危機を監視しているが、優先順位の低いものは後回しになる。東江《あがりえ》はるるから血を奪おうとした《人類血清》の連中も、危険組織として警戒していたが」

「日本の『こっち側』の連中は脅威度が低いから、蔑《ないがし》ろにされがちですものね」

かつては日本にも、凶悪な人間はたくさんいた。

今では一般人が『裏社会』と呼ぶところに潜む方々ですら、『こっち側』とは呼べなくなりましたが。

この国は正しい成長を経て、随分と平和になったものですわ。

「で？　どうして仲介協会は《種》の討伐依頼を断った？」

「大したことではありませんわ。ウチのボスが言っていたのです。世界の正義が被《かぶ》った泥を、我々が血まみれになりながら拭ってやる必要はない、と。ふふっ」

そもそも彼女のところには、そういう役割を持つ方々が居るはずです。

《世界の敵》という、死を撒《ま》き散らす悪の華が咲く前に、芽を刈り取る存在たちが。

私たち仲介協会も、進むべき道と敵対する相手を間違っていたら……。

目の前の素敵な女性と、本気で殺し合いをしていたかもしれないですわね。

「ムカつくほど正論だ。だからこそ、《種》についてはアタシが――」

何かを言いかけたものの、彼女はその先を沈黙で誤魔化《ごまか》す。

相変わらず会話が下手な人。まるで男子高校生みたい。そこが可愛《かわい》いところでもあるのですが。

「話が逸《そ》れたな。《人類血清》については引き続きお前らに任せる。だが失敗でもしてみろ。その時はアタシが仲介協会を潰しに行くぞ」

「それは仕事として、ですか？」

「いや、プライベートで。休日にラーメン食った帰りとかに」

「貴重なオフを組織壊滅に費やす女!?」

こんなにも暴力を愛している女が警察をやっているとか、この国は大丈夫なのでしょうか……。

「とりあえず、モスキートはこっちで預かる。それと部下に指示して、今回の事件は警察が何とかしたことにしておこう。学校関係者にはアタシが通達しておく」

「ありがとうございます。各メディアへの隠蔽はこちらでやっておきますわね」

「ああ。モスキートごときでは大した情報も持っていないだろうが、アタシの可愛い弟子をイジメたお礼をしてやらないとな。くくっ」

「嫌だぁ、この人……すごく悪い顔をしていますわぁ。どうせそんなこと思っていないでしょうに。というか、もうお帰りですか？」

「天下の公務員はそれほど暇じゃない。特にアタシみたいな刑事は、な。それとも久々に本気で殴り合うか？　お前がアタシの顔面を殴ったこと、まだ忘れていないからな」

「仕返しに私の身体《からだ》をバキバキにしたくせに。あれが原因で私は前線から退いたようなものですからね？　そうではなくて、ですね」

大人になった今の私たちなら、こっちの方が似合うはず。

「赤提灯《あかちょうちん》の下で安酒を酌み交わすなんて、どうです？」

私のお誘いに彼女は目を丸くして、呆気《あっけ》に取られていましたが。

スマホを操作して誰かに短い電話を入れた後で、運転席のドアを開けます。

「一杯だけだぞ。それ以上は付き合わないからな、空木《うつぎ》」

「……ええ、ええ！　もちろんですわ！　一杯飲んで、いっぱいお話ししましょう！」

「言っておくが、飲み代と代行の料金はお前持ちだからな」

私は覆面パトカーの助手席に座り、かつて若い頃に血まみれになりながら、本気で殺し合いをした女性と共に夜の街に向かう。

お互いすっかり大人になったものだと、痛感しますわ。

若くて未成熟だったあの頃に、途方もないほど大きな感情をぶつけ、魂をすり減らし、たくさんの痛みと苦しみを知ったからこそ、私たちは大人になれた。

だから私は、私の可愛《かわい》い教え子たちに説き続けるのです。

青春の尊さと、そこで傷付きながらも一生懸命に育んだ絆《きずな》の愛《いと》おしさを。

エピローグ

生徒を巻き込んだ流血事件は、「警察」の手によって全て解決したことになり、すぐにあたしたちはいつも通りの学校生活を送ることが出来るようになった。

春が終わりを告げる頃。ある日の放課後。

あたしたち三人は暦《こよみ》先生に呼ばれ、保健室に来ていた。

「ええっと……あの、何と言いますか。夏凪《なつなぎ》さんたちには、その。大変な迷惑をかけてしまって、申し訳ありませんでした！」

椅子に座る暦先生は、脚をぴったりと閉じて、膝の上に手を置いて頭を下げる。

だけどあたしたちは誰一人として、先生を責めることはなくて。

「謝らなくていいですよ、暦先生」

「そうですよ。僕らは別に、大きな被害を受けたわけじゃないので」

「ウチも！　少し怖かったけど、大好きな友達とコヨちゃんが助けてくれたし！」

あたしたちの言葉を聞いて、暦先生はゆっくりと顔を上げてくれたけど、やっぱりまだ困惑しているみたい。

「ですが、あなたたちを巻き込んでしまったのは事実ですし……何なら、私の組織が蜂巣《はちす》を確保するために、東江《あがりえ》さんを囮《おとり》にしたような形にもなってしまったのに……」

「だからいいってば、ココちゃん！　難しい話は分からないけど、要するにココちゃんはウチらの味方で、悪い奴《やつ》から守ってくれるわけでしょう？」

はるるの問いかけに、暦《こよみ》先生は小さく頷《うなず》く。

「だったらそれでいいっしょ！　先生を辞めないで、これからもウチらを守ってね？」

「ですが、夏凪《なつなぎ》さんたちには私の正体を教えると約束しましたし……」

暦先生は申し訳なさそうにあたしと冬子《ふゆこ》を交互に見てくるけど。

「それはもういいです。あたしたちにとって先生は先生のままで、今後も味方であれば」

「うん。僕も渚《なぎさ》と同意見。だよね、はるる？」

「うん！　あ、でもどうしても申し訳ない気持ちがあるなら……今度、お寿司奢《すしおご》って？」

「あ、それ凄《すご》くいい。あたし、駅ビルにある高そうなお店に行きたい！」

「あはは。暦先生の財布が空になりそうだ。どうです、先生？　僕らとしては、これ以上は何も求めないし、説明もいらないですよ。今まで通り過ごしてくれれば、それで」

みんなで笑って、暦先生の返事を待つ。

大人だから、気が済まないことはあるかもしれない。

いっそ、責任を取って楽になりたい気持ちの方が強いかもしれない。

だけどあたしたち三人にとっては、暦先生がこれからも先生を続けてくれて、同じ青春の時間を過ごしてくれる方が、ずっと嬉《うれ》しい。

「……ありがとう、ございます。皆さんにそう言っていただけると、とても嬉しいです。これからもぜひ、仲良くさせてくださいね」

その言葉にみんなで顔を見合わせて、笑顔を交わす。

これであたしは、また明日からいつもの女子高生だ。

だけど。

平和で愛《いと》おしい日常に、まだ一つの大きな『謎』が残っている。

あたしのこの心臓の、その持ち主のこと。

この心臓は、誰かに会いたがっている。

それを解決しない限りは、あたしはこのまま皆でただ楽しいだけの毎日を過ごすわけにはいかない。

「ところで東江《あがりえ》さん。夏凪さんに例の高校生の話、していないのですか？」

「あー！　そういえばしていなかったかも！　ねえ、ナギ？」

突然別の話を振られて、あたしの思考が追い付かない。

「何の話？」

「ウチを助けてくれた、男子高校生！　車で拉致された時にオマケの玩具《おもちゃ》みたいに、一緒に車内に押し込められて……何だかんだあって助けてくれたの！」

目隠しされていたから顔は覚えていないけど、と。付け加えてはるるは続ける。

「でも、声は聴いたよ。何かイケボな感じでさ、『やれやれ』とか、『またこれか』なんて、格好《かっこ》つけた感じで言っていたの。多分あれは、ウチの学校の生徒だよ」

「聞きそびれちゃっていたけど、もしかして、一緒に拉致された男子高校生って……」

「うん。ナギが探していた人のはず！」

きっとこれから、長い時間をかけて彼を探すと思っていた。

突然、ベールに包まれていたその姿が見えそうになっているのに。

あたしはまだ、受け入れることが出来なくて。

「で、でもさ。その男の子が彼だっていう確証は」

「それは僕が調べたよ、渚《なぎさ》」

そう言った冬子《ふゆこ》は、あたしに新聞の切り抜きや、ネットのニュース記事を印刷した、大量の資料を手渡してくる。

「優秀な助手は、探偵が調査を始める前に終えているものだからね」

資料には丁寧にマーカーを使って、彼の名前が強調されていた。

「僕は暦《こよみ》先生にその男子のことを聞いて、この数日間調べていたのさ。渚が前に図書室で調べた時は匿名記事ばかりだったけど、一部の古い記事には名前があった」

あたしはその言葉に、新聞の記事から名前を拾おうとするけど。

それでもまだ、次の一歩が踏み出せないでいた。

「彼がこの学校に居るなら、どうして他の謎の時は現れなかったのかな……？」

「それについても、はるると考えてみたよ。大事なポイントは、その事件において警察が必要かどうかだね。世間が認めるような事件の現場に、彼はやってくる」

「ほら、ウチらが最初に解決した黄色いパンツ事件って、痴漢と盗撮が絡む犯罪事件だったよね？　でも、残りの二つは違う」

「黄色いパンツ事件の時、犯人は男子高校生と接触して転び、階段から落下した。その男子高校生が、彼だと仮定したら……どうかな？」

あたしよりも、何倍も丁寧な推理を展開する二人。

助手のくせに、生意気。

だけど、すごく嬉《うれ》しい。

あたしのために、二人が熱心に彼のことを調べ尽くしてくれたその気遣いが。

新聞記事に目を通し、彼の名前を再び見つめ、心の中で呟《つぶや》く。

他の記事も、冬子が持ってきてくれた全てを読み終えて、自分を落ちつかせるように胸に手を置き、深呼吸をした。

あなたが、あたしに答えをくれるのかな？

多分、彼と出会ったら……あたしは、別の物語を描き始める予感がする。

この愛《いと》しい日常とは違う、もう一つのストーリー。

まだ何者でもないあたしが、何かを見つけるための人生が。

四人で手作りした絵本の中にあるような、壊しがたく美しいこの毎日を。

これからあたしはほんの少しの間だけ、手放すことになるかもしれないけど。

「冬子《ふゆこ》。はるる。暦《こよみ》先生。あたし……行っても、いい？」

あたしの言葉に、大切な人たちは力強く頷《うなず》いてくれて。


「いってらっしゃい、渚《なぎさ》。もしその心臓の『謎』が解けたら、タピオカを飲みに行こう」

「マジの記念日になるよね、それ！　ナギ。彼に変なことされたら、何でも相談してね！」

「夏凪《なつなぎ》さん。心と身体《からだ》が傷付いた時はいつでも、お待ちしておりますわ」

友達に背中を押されたから。

あたしはあたしの自己満足のために、彼に会いに行く。

「ありがとう、みんな！　いってきます！」

冬子から貰《もら》った資料をスクールバッグに詰め込んで、廊下に飛び出す。
人が居なくなった、夕方の放課後。
一歩、また一歩。あたしの想《おも》いと同じくらい速く、脚が動いていく。
気づけば、走り出していた。
心臓の鼓動が、確かな声で叫んでいる。
会いたい。早く彼に会いたいって。
同時に、何だか無性に腹も立ってくる。
何で彼は自分に会いに来てくれなかったのか。
どうしてずっと探してくれなかったのか！
って、これはあたしの怒りじゃないような気もするけど。
でも生意気な反応だったら、口に手を突っ込んで喉ちんこを触ってやる。
「変だな、あたし」
まだ言葉を交わしたことのない彼のことが、気になって仕方ない。
早くあたしの事を、見て欲しい。
そしてあたしの願いを……この心臓の想いを、叶《かな》えて欲しい。

職員室の前でクラス名簿を眺めて見つけた、彼の名前があったクラスの教室に入る。

クラスメイトが全員帰っているのに、一人で残って、机に突っ伏している男子が居た。

えぇ……？　もしかして、友達居ないの？

誰か一人くらい、起こしてあげるでしょうに。普通は。

「まあ、いいか」

普通じゃない相手の方が、あたしは色々とやりやすいし。

あたしは呟《つぶや》いて、スクールバッグを彼の前の席に置いて、その姿を観察する。

どんな挨拶をしてあげようかな？

友好的な方がいいよね。あ、でも男子は女子に虐《いじ》められると嬉《うれ》しいって、冬子《ふゆこ》が言っていたような気がするから、少し過激な感じでいこう。

もしもあたしの依頼を渋るようなら、ちょっとくらいサービスしてあげてもいい。

さて、そろそろこの男の子を起こしてあげないとね。


いつまでも一人ぼっちの現実から目を背けて、昼寝を続けている君を。

あたしは彼の胸倉を掴《つか》んで、思いっきり引っ張り上げてから。

間抜けな顔で驚いている寝起きの彼に、尋ねる——。

「あんたが名探偵？」

あとがき

僕は『探偵はもう、死んでいる。』が大好きです。

自分と同じ新人賞、同じ回でデビューした作家の本は、一読した際に途方もない高揚感を与えてくれました。様々なジャンルを内包し、幾重にも研ぎ澄まされたエンターテインメントの刃《やいば》。この作品が作家としてではなく、一人の読者である僕の心に強く刺さったのを覚えています。「ワクワク」と「楽しさ」ばかりをいっぱいに詰め込んだ、おもちゃ箱みたいな最高の小説。ああ、これこそが僕の愛したライトノベルそのものだ、と。

前置きが長くなりましたが、自己紹介をさせてください。月見秋水《つきみしゅうすい》と申します。前述の通り二語十《にごじゅう》先生と同じく、ＭＦ文庫Ｊの第十五回新人賞にてデビューした同期作家です。

今回、敬愛する二語十先生に夏凪渚《なつなぎなぎさ》が主人公のスピンオフを書いて欲しいと依頼され、即快諾させていただきました。だって、断る理由がありません。僕は世界中のラノベ作家の中で誰よりも『たんもし』が好きで、夏凪渚も大好きです。だからこそ書いてみたい。いや、絶対に僕が書きたい。そう思い、今回のスピンオフに参加させていただきました。

本作の執筆中には原作だけではなく、アニメや派生作品を何度も鑑賞し、『たんもし』という非常に大きな作品と真正面から向き合いました。作品に込められた思いやテーマ、キャラの魅力。そしてたくさんの愛と少々の小ネタを詰め込み、完成したのがこの作品です。最初は大好きな作品を題材にどう手を付けるか悩みました。「夏凪とその友達の学園物語」と決めてみたものの、原作では夏凪《なつなぎ》の級友が（ほぼ）描写されていないんですよね。そして二語十《にごじゅう》先生と相談した結果、白浜冬子《しらはまふゆこ》と東江《あがりえ》はるるが誕生しました。夏凪を笑わせ、振り回し、支える。王子様のように格好《かっこ》いい女子とオタクギャル。書き終えてみて、月見秋水《つきみしゅうすい》らしさ全開なこの子たちが、『たんもし』の世界に馴染《なじ》めているか不安になったのですが、二語十先生に「面白かったです！」から始まるお褒めの感想をいただけて、心から安堵《あんど》したのを覚えています。同時に、自分の拙い筆がほんの少しだけ、『たんもし』の世界を彩ることが出来たのかなと思えた瞬間でした。

前作から引き続き僕の面倒を見てくださる担当編集者様と、企画にお誘いくださった『たんもし』の担当編集者様。夏凪渚《なぎさ》の新しい魅力をいっぱい描いてくださった、はねこと先生。そして五年前にこの素敵な物語を作り上げて新人賞に送り出し、今日まで絶えず筆を走らせ続けている二語十先生。全ての関係者の方々に、心より感謝を申し上げます。

最後に、この本を手に取ってくださった『たんもし』を愛する皆さんへ。

これからも『たんもし』の世界は広がり続けるでしょう。その中であなたにとって、この『夏凪渚はまだ、女子高生でいたい。』が「特別」な本になってくれたら嬉《うれ》しいです。誰かの心に火を灯《とも》すことが出来たなら、それが僕にとってかけがえのない喜びですから。

そしてこれからも一緒に夏凪渚を愛し、もっともっと推していきましょうね！

シエスタを超えていくぞ、渚!!

二語十書きおろし　スペシャルＳＳ　◆探偵助手はもっと、友達が欲しい。

昼下がり、俺は夏凪《なつなぎ》と二人でカフェに来ていた。季節限定のスイーツがあるとかで駆り出されたのである。

「わ、美味《おい》しそ！」

夏凪は、運ばれてきたケーキを前にスマホを構える。

「はるると冬子《ふゆこ》にも教えてあげよっと」

確か高校の友達の名前だったか。何度か話に聞いたことがある。

「いいな、夏凪は。そういう楽しみ方ができて」

「あはは、君塚《きみづか》も唯《ゆい》ちゃんに教えてあげたら？」

「その手があったか！」

俺も急ぎケーキの写真を撮り、斎川《さいかわ》にメッセージを送った。

「好きな女の子に連絡を取る口実ができて喜ぶ男の姿ってこんな感じなんだ」

なにやら夏凪が苦笑しているように見えたが、今は気にしないことにした。

「君塚ってもしかして、あたしたち以外に友達いない？」

「……むしろ夏凪が別のコミュニティを持っていることに改めて驚いてる」

普段は気にしていなかったからこそ意外に感じるが、本来それは自然なことなのだろう。

学生であればクラスメイトや部活の仲間、放課後はアルバイトだとか塾だとかで複数の人間関係を結ぶ。今の時代、SNSで繋《つな》がりを持つこともあるだろう。そうやって幾つものコミュニティに属することは、なにも特別なことではない。

「俺には現状お前たちしかいないのにな」

そう言うと夏凪《なつなぎ》は「？」と首をかしげる。

「だからもっと俺に構ってくれ」

「ウケる」

夏凪はくすっと微笑《ほほえ》みながらケーキを口に運ぶ。

「でも、あたしに学校の友達ができたのは全部シエスタのおかげ」

夏凪を学校に通わせ、当たり前の日常を送らせてあげること。それがかつてシエスタにとっての使命だった。そして今、夏凪の笑顔を見ればシエスタの目的が達成されていることに疑いはなかった。

「今思えば、俺もか」

俺はふと、数年前のシエスタとのやり取りを思い出す。

一緒に世界放浪の旅へ出ていた頃、シエスタが『そういえば、君が私以外の誰かと仲良くしてるのを見たことがない』と切り出したことがきっかけの会話だ。

『お前がこんな変な旅に連れ出さなきゃ今頃は青春真《ま》っ只中《ただなか》だったんだよ』

『本当かな、中学でも親しい人はあんまりいなかったみたいだったけど』

シエスタにはその辺りのことはすっかりお見通しだった。

『そういうお前こそ友達なんているのかよ』

『君に紹介していないだけで顔馴染《かおなじ》みは多いよ。巫女《みこ》とか暗殺者とか吸血鬼とか』

『ラインナップが怪しすぎるだろ』

『あ、待った。今のは重要な伏線だったけど口を滑らせただけだから全部忘れて』

『ジョークだよな？　そんな知り合い、いないよな？』

するとシエスタは『いない、いない』と笑い『それで、なんで君は友達を作らないの？』と直球で悲しい質問をしてきた。

『この厄介な体質のせいで誰も近寄ってくれないんだ。まあ、それも慣れたけどな』

シエスタは『退屈じゃない？』と訊《き》き、俺は『これが俺の青春だ』と答えた。

『一人きりの青春？』

『二人、だろ』

青い瞳が少しだけ見開かれた。

『私でいいんだ』

『今は、な』

しばらく心地よい沈黙があって、シエスタが口を開いた。

『そのうち君にも仲間はできるよ。友達１００人とはいかないかもしれないけど。それでもいつかきっと、君には大切な仲間ができる』

『まさか、お前がその手伝いをしてくれるのか？』

『君がそれを望むならね』

私は名探偵だから、と。シエスタは笑った。


そして今——俺の目の前には夏凪渚《なつなぎなぎさ》が座っている。他にも斎川《さいかわ》やシャーロットや、あの時は想像もしていなかった仲間が俺のそばにはいる。

シエスタはあの頃、どこまで未来を思い描いていたのだろうか。

「君塚《きみづか》？」

少しの間黙っていた俺を夏凪が気にかける。

「いや、なんでもない。その夏凪の友達、俺にもいつか紹介してくれ」

シエスタの言っていた通り友達１００人とはいかないだろうが、もう少し俺も知人の輪を広げてもいいだろう。

「えー、それはちょっとなあ」

しかし思いがけず夏凪は渋い反応を見せる。

「やっぱりダメ。二人とも超可愛《かわい》いから」

「超可愛いからってなんでダメなんだよ」

──ああ、いや、そういうことか。

「もし俺がその子たちのことを好きになったら、夏凪が嫉妬してしまうってことだな？」

俺を取られたみたいで」

今日はやけに素直だな。でも確かに仲間内の色恋沙汰は揉《も》めるもんな、と俺がうんうん頷《うなず》いていると夏凪がゴミを見るような目でこっちを見ていた。

「違うから。あたしは冬子《ふゆこ》やはるるを君塚に取られたくないだけだから」

「……さいですか」

ケーキとセットで頼んでいたコーヒーは、やけに苦い気がした。

と、そんな風に。俺が渋い顔をしていたところ、夏凪がぷっと小さく吹き出した。

「ま、いっか。そのうち会う機会作ってあげる」

いいのか？　さっきまであんなに友達を俺に取られないか心配していたのに、どういう心境の変化があったのか。

すると夏凪は「だって考えてもみて？」と、なにやら笑いを堪《こら》えるようにこう言った。

「はるると冬子が、よりによって君塚を好きになるわけないじゃない？」

「理不尽だ！」

MF文庫J

夏凪渚はまだ、女子高生でいたい。1
探偵はもう、死んでいる。Ordinary Case

2023年 8月 25日 初版発行

著者 月見秋水
原作・監修 二語十
発行者 山下直久
発行 株式会社 KADOKAWA
〒102-8177 東京都千代田区富士見 2-13-3
0570-002-301（ナビダイヤル）
印刷 株式会社広済堂ネクスト
製本 株式会社広済堂ネクスト

Printed in Japan ISBN 978-4-04-682770-8 C0193

●お問い合わせ
https://www.kadokawa.co.jp/（「お問い合わせ」へお進みください）
※内容によっては、お答えできない場合があります。
※サポートは日本国内のみとさせていただきます。
※Japanese text only

◇◇◇

【 ファンレター、作品のご感想をお待ちしています 】
〒102-0071 東京都千代田区富士見2-13-12 株式会社KADOKAWA MF文庫J編集部気付
「月見秋水先生」係「はねこと先生」係「二語十先生」係「うみぼうず先生」係